GOLDMANN

Buch

Nordchina zu Beginn der zwanziger Jahre. Songlian hat gerade ihr Studium an der Universität aufgenommen. Doch mit dem Tod ihres Vaters ist die Familie ruiniert. Das schöne und intelligente Mädchen fügt sich in ihr Schicksal: Mit neunzehn Jahren wird sie die vierte Ehefrau von Chen Zuoqian. Chen wird demnächst fünfzig Jahre alt und herrscht über ein großes weitläufiges Haus. Doch die Abgeschlossenheit des verwinkelten Gebäudes erweckt in Songlian eher den Eindruck eines Gefängnisses. Hier herrscht nur ein Gesetz: Verführungskunst. Songlian, zu Stolz und Unabhängigkeit erzogen, sieht sich mit einer ihr völlig fremden Welt konfrontiert. Zunächst genießt sie als jüngste Frau im Haus alle Vorzüge der favorisierten Konkubine. Doch kein Tag vergeht, an dem sie nicht in der Gefahr steht, einer Intrige aufzulaufen. Wird sie eines Tages zum Opfer dieser starren, von überholten Normen geprägten Welt werden oder sich die Gesetze des Feudalsystems zu eigen machen, die das Leben im Hause Chen seit Generationen bestimmen?

Leidenschaft, Besitzanspruch und Macht, Feuer und Blut bestimmen den Konkurrenzkampf unter den vier Ehefrauen und Konkubinen, die sich in dem Bemühen um den Gebieter in einen wahren Totentanz hineinsteigern. Su Tong gelingt es auf fesselnde Art und Weise, Tradition und Fortschritt im China zu Beginn dieses Jahrhunderts in seinem Roman zu vereinen.

Autor

Su Tong, Jahrgang 1962, versteht sich als Wortführer der jungen, westlich orientierten Generation Chinas. Er veröffentlichte schon mehrere Erzählungen. Su Tong lebt in Naking als Herausgeber einer wichtigen chinesischen Literaturzeitschrift.

Mit seinem Roman »Rote Laterne«, der hier erstmals in deutscher Sprache vorliegt, gelang ihm, nicht zuletzt dank der Verfilmung in der Regie von Zhang Yimou, der internationale Durchbruch.

Su Tong

rote Laterne

Roman

Deutsch von Stefan Linster

GOLDMANN VERLAG

Deutsche Erstveröffentlichung
Titel der Originalausgabe: Qiqie Chengqun

Die vorliegende Übertragung entstand auf der Grundlage
der französischen Ausgabe in der Übersetzung
aus dem Chinesischen von Annie Au Yeung und Françoise Lemoine.

Alle bedruckten Materialien dieses Taschenbuches sind chlorfrei
und umweltfreundlich.
Das Papier enthält bereits Recycling-Anteile

Der Goldmann Verlag
ist ein Unternehmen der Verlagsgruppe Bertelsmann

Made in Germany · 1. Auflage · 8/92

Umschlaggestaltung: Design Team München
unter der Verwendung des Filmplakates
Satz: IBV Satz- und Datentechnik GmbH, Berlin
Druck: Elsnerdruck, Berlin
Verlagsnummer: 42073
Lektorat: Ulrike Kloepfer
Herstellung: Sebastian Strohmaier
ISBN 3-442-42073-3

Songlian, die Vierte Herrin, war neunzehn Jahre alt, als sie bei den Chens ankam. Ihren Einzug in die Umfriedung des Hauses Chen hielt sie durch die Pforte des Westens, von der Rückseite her und bei Einbruch der Nacht, in einem Palankin sitzend, der von vier Bauern getragen wurde. Die Dienstboten, die neben dem Brunnen alte Wollsachen wuschen, sahen diesen Palankin diskret durch die mondförmige Pforte schlüpfen. Heraus stieg eine Studentin in weißer Bluse und schwarzem Rock. Im Glauben, das große Fräulein, welches in Peking studierte, sei zurückgekehrt, traten sie näher und entdeckten, daß es sich bei der Eintreffenden um eine junge Frau handelte, deren von Staub bedecktes Gesicht ungeheure Müdigkeit verriet. In jenem Jahr trug Songlian ihr Haar kurz, auf Höhe der Ohren gerade abgeschnitten. Es war mit einem himmelblauen Band festgehalten. Ihr recht rundes Gesicht war, wenngleich ungeschminkt, so weiß wie Schnee. Sie ließ sich aus dem Palankin gleiten. Im Gras stehend, einen Rattankoffer zu ihren Füßen knapp unter dem Saum ihres schwarzen Rocks abgestellt, sah sie sich mit unschlüssigem Blick um. Die Strahlen der herbstlichen Sonne verliehen ihrer zarten, zerbrechlich wirkenden Silhouette die Starre einer Schattentheaterfigurine. Sie hob einen Arm, um den Schweiß von ihrer Stirne zu wischen, und die Dienstboten bemerkten, daß sie es mit dem Ärmel ihres Gewandes und nicht mit einem Taschentuch getan hatte. Dieses kleine Detail hinterließ bei ihnen einen tiefen Eindruck.

Songlian trat an den Brunnen und sagte zu Yan'er, die damit beschäftigt war, ihre Wolle auszuspülen: »Seit drei Tagen habe ich mich nicht mehr gewaschen, laß mich mein Gesicht reinigen!«

Yan'er zog einen Eimer Wasser und sah zu, wie Songlian sich erfrischte. Ihr gebogener Leib wurde wie ein Tamburin von leichten Stößen durchzogen. Yan'er fragte:

»Wollt Ihr Seife?«

Songlian antwortete nicht.

Erneut sagte Yan'er:

»Das Wasser ist nicht zu kalt?«

Da Songlian noch immer nicht reagierte, warf Yan'er den anderen Dienerinnen, die am Brunnenrand herumstanden, einen verschwörerischen Blick zu und begann, die Hand vor dem Mund, höhnisch zu kichern. Die Dienstboten, denen es überhaupt keine Schwierigkeiten bereitete, die soziale Stellung fast aller Besucher der Familie Chen zu bestimmen, dachten, daß die soeben Angekommene irgendeine arme Verwandte sein müßte. In diesem Augenblick drehte Songlian sich abrupt um. Ihr nunmehr sauberes Gesicht brachte eine noch ergreifendere Kälte zum Ausdruck. Ihre sehr feinen und sehr schwarzen Augenbrauen kräuselten sich zusehends. Sie maß Yan'er mit den Augen:

»Weshalb kicherst du so? Du würdest besser daran tun, das Wasser auszuschütten.«

»Ja, wer seid Ihr denn, um einen so herrischen Ton anzuschlagen?« erwiderte Yan'er immer noch spöttisch.

Die Dienerin mit der Hand zur Seite schiebend, griff Songlian nach dem Rattankoffer und entfernte sich von dem Brunnen. Als sie einige Schritte gegangen war, wandte sie den Kopf und gab zurück:

»Wer ich bin? Ihr werdet es bald wissen!«

Anderntags erfuhr das gesamte Haus Chen, daß Herr Chen Zuoqian sich eine vierte Ehefrau genommen hatte – Songlian. Diese wurde im Südpavillon des Hintergartens, neben den Gemächern Meishans, der Dritten Herrin, untergebracht. Chen Zuoqian stellte Yan'er in ihren Dienst, die zuvor im Dienstbotentrakt gearbeitet hatte.

Anderntags also ging Yan'er, das Schlimmste befürchtend, sich Songlian vorstellen. Den Kopf gesenkt rief sie mit Ehrerbietung: »Vierte Herrin!« Songlian jedoch hatte die Beleidigung der Dienstbotin vergessen oder erinnerte sich vielleicht sogar nicht einmal mehr des Gesichts der Dienerin vom Vorabend.

An jenem Tag trug Songlian ein prächtiges mandschurisches Kleid aus heller Seide und ein Paar gestickte Pantoffeln. Eine Nacht hatte ihr genügt, ihr erholtes Aussehen wiederzuerlangen. Sie schien nun viel liebenswürdiger. Sie zog Yan'er zu sich heran, musterte sie und sagte zu Chen Zuoqian, der bei ihr weilte: »Sie ist nicht ohne Anmut!« Dann befahl sie Yan'er:

»Bück dich ein wenig, daß ich mir deine Haare ansehe!« Die Dienerin kauerte sich nieder und fühlte die Hand ihrer Herrin ihre Haare durchwühlen, um sie peinlich genau zu untersuchen. Nach einer Weile hörte sie Songlian schließen:

»Es ist gut, du hast keine Läuse! Ich verabscheue Läuse!«

Yan'er biß sich auf die Lippen. Sie hatte den Eindruck, Songlians Nägel hätten, Messern aus Eis gleich, ihr die Kopfhaut aufgeritzt. Fast litt sie Schmerzen. Songlian fragte noch:

»Was ist denn dieser Geruch in deinen Haaren? Das ist ekelerregend! Geh dir schnell den Kopf waschen!«

Yan'er richtete sich wieder auf. Da sie die Arme hängen ließ und sich nicht von der Stelle rührte, warf Chen Zuoqian ihr einen strengen Blick zu:

»Hörst du deiner Herrin nicht zu?«

Yan'er protestierte:

»Aber ich habe sie gestern gewaschen!«

Chen Zuoqian hob die Stimme:

»Hör auf zu hadern! Man sagt dir, du sollst sie waschen, also hast du das auch zu machen. Und nimm dich in acht, sonst wirst du streng gezüchtigt!«

Yan'er nahm eine Schüssel und ging sich die Haare unter den wilden Apfelbäumen waschen. Hierbei ließ sie das Gefühl nicht los, Opfer einer Ungerechtigkeit zu sein, und ein tiefer heimlicher Groll, so scharf wie Eisen, staute sich in ihrem zornigen Herz auf. Auf einer Wäscheleine, die an zwei den Sonnenstrahlen des Nachmittags ausgesetzten Apfelbäumen befestigt war, schaukelten die weiße Bluse und der schwarze Rock der Vierten Herrin sanft im leisen Wind. Yan'er blickte sich verstohlen um: Der Hintergarten war verwaist und ruhig. Sie näherte sich den trocknenden Kleidern und spie zuerst auf Songlians weiße Bluse, dann auf den schwarzen Rock.

In jenem Jahr überschritt Chen Zuoqian die Schwelle der Fünfziger. Er hatte so Songlian zur Konkubine genommen, wenn die Angelegenheit sich auch mehr oder weniger vertraulich zugetragen hatte. Am Vorabend der Ankunft dieser vierten Ehefrau war Yuru, die Erste Herrin, noch in vollkommener Unkenntnis über die Existenz einer neuen Konkubine. Als Chen Zuoqian, dem Ritual entsprechend, Songlian dabei begleitete, Yuru ihre Aufwartung zu machen, rezitierte sie gerade Sutren in ihrem buddhistischen Meditationsraum, wobei sie die Perlen einer Gebetsschnur durch ihre Finger gleiten ließ. Chen Zuoqian stellte sie einander vor:

»Das ist Eure Erste Schwester.«

In dem Augenblick, als Songlian auf sie zugehen wollte, um sie zu begrüßen, riß plötzlich der Faden der Gebetsschnur, die Yuru in Händen hielt. Die Perlen kullerten in alle Richtungen auf den Boden. Yuru rückte den Stuhl aus Palisanderholz beiseite, bückte sich, um sie einzusammeln, und murmelte dabei: »Das ist eine Sünde, das ist eine Sünde!« Songlian wollte ihr helfen, doch Yuru schob sie sanft zurück und fuhr fort, unablässig »Das ist eine Sünde, das ist eine Sünde!« zu wiederholen, ohne auch nur einmal zu ihr aufzublicken. Als sie Yurus rundlichen Leib so gebückt auf dem feuchten Dielenboden sah, lächelte Songlian, die Hand vor dem Mund, still in sich hinein. Sie schaute Chen Zuoqian an, der zu ihr sagte:

»Gut, gehen wir.«

Auf der Schwelle zur Kapelle griff Songlian nach Chen Zuoqians Arm: »Wie alt sie aussieht! Sie muß mindestens hundert Jahre alt sein!«

Chen Zuoqian reagierte nicht. Songlian fuhr fort:

»Sie glaubt an Buddha? Wie kommt es, daß sie die Sutren hier im Hause rezitiert?«

Chen Zuoqian antwortete:

»Trau dem nicht! Sie ist eine Müßiggängerin! Ihr Nichtstun treibt sie zu dieser Täuschung.«

Bei der Zweiten Herrin wurde Songlian sehr herzlich empfangen und zuvorkommend behandelt. Ihr zu Ehren wies Zhuoyun ihre Dienerin an, Wassermelonen-, Sonnenblumen- und Kürbiskerne sowie verschiedene Sorten kandierter Früchte zu bringen. Sobald sie sich niedergesetzt hatten, vertraute Zhuoyun ihr an:

»Hier in der Gegend findet man keine guten Kerne. Ich bin darauf angewiesen, sie in Suzhou besorgen zu lassen.«

Eine ganze Weile knabberte Songlian in ihrer Gesellschaft, wurde es aber schon bald überdrüssig. Offen gestanden mochte sie diese Art Leckereien nicht sonderlich; gleichwohl wäre es unschicklich gewesen, sich dies anmerken zu lassen. So begnügte sie sich damit, Chen Zuoqian einen verstohlenen Blick zuzuwerfen, um ihm diskret mitzuteilen, daß sie sich zurückziehen wollte. Dieser tat so, als würde er sie nicht verstehen, und ließ seine Absicht erkennen, noch ein wenig zu verweilen. Songlian folgerte daraus, daß der Herr eine Schwäche für Zhuoyun hatte, und so konnte sie es sich nicht verwehren, Aussehen und Körper dieser Frau sorgfältiger zu betrachten. Ihr Gesicht strahlte zugleich einen Eindruck von Liebenswürdigkeit und von Feinheit aus, was selbst die winzigen Falten auf der etwas erschlafften Haut nicht zu verbergen vermochten. All ihre Gesten und Umgangsformen zeugten von der eleganten Haltung einer Tochter aus guter Familie. Songlian dachte, daß es für eine Frau wie Zhuoyun leicht sein mußte, die Zuneigung der Männer zu gewinnen, daß aber auch die Frauen ihr zugetan sein dürften. Songlian nannte sie sehr bald »Schwester Zhuoyun«.

Die Dritte Herrin, Meishan, wohnte genau neben den Gemächern von Songlian. Und doch war sie die letzte, der Songlian begegnete. Oft schon hatte sie ihre auffallende, jedermanns Blicke auf sich ziehende Schönheit rühmen hören und verspürte daher große Lust, sie zu sehen, doch Chen Zuoqian wollte Songlian nicht zu ihr führen:

»Das ist doch ganz nah, du kannst dich ohne mich hinbegeben!«

»Ich war schon dort!« antwortete Songlian. »Ihre Dienerin hat mir gesagt, daß ihr nicht wohl sei, und hat mir den Weg versperrt, um mich am Eintreten zu hindern.«

Chen Zuoqian stieß ein Knurren aus:

»Hm! Bei der kleinsten Widrigkeit erklärt sie, krank zu sein!«

Dann fügte er hinzu:

»Sie will mich beherrschen!«

»Und Ihr laßt es zu?« wunderte sich Songlian. Chen Zuoqian winkte heftig ab:

»Aber nein! Auf jeden Fall ist es völlig ausgeschlossen, daß es einer Frau eines Tages gelingen wird, einen Mann zu beherrschen.«

Als sie anschließend am Nordpavillon vorüberging, bemerkte Songlian, daß Meishans Fenster kokett mit einem aus rosafarbener Baumwolle gewirkten Vorhang geschmückt war. Auch strömte ein Duft von Blumen und Kräutern aus dem Innern. Songlian blieb einen Augenblick reglos vor dem Fenster stehen. Von einem unwiderstehlichen Verlangen gepackt, ins Innere zu spähen, hob sie, ihren Atem anhaltend, den Vorhang leicht an. Sie hatte solche Angst, daß ihr die Sinne zu schwinden drohten. Hinter dem Vorhang beobachtete Meishan sie – auf gleiche Weise! Ihre Blicke begegneten sich für die Dauer eines Augenblicks, dann machte Songlian sich in aller Eile davon.

An jenem Abend kam Chen Zuoqian, die Nacht in Songlians Zimmer zu verbringen. Sie kleidete sich aus und wollte ihm einen Pyjama überziehen. Chen Zuoqian lehnte es ab:

»Nein, keinen Pyjama! Ich ziehe es vor, nackt zu schlafen.«

Songlian wandte den Blick ab.

»Wenn dies Euer Wunsch ist! Besser wäre es aber, diesen Pyjama überzuziehen, um eine Erkältung zu vermeiden.«

Chen Zuoqian begann zu lachen.

»Davor, daß ich mich erkälte, hast du keine Angst, aber daß du meinen splitternackten Hintern siehst!«

»Aber nein, das macht mir keine Angst!« erwiderte Songlian, indem sie den Kopf abwandte, doch ihre Wangen waren bereits purpurrot.

Dies war das erste Mal, daß sie Chen Zuoqians Körper klar und deutlich sah. Er glich dem Kranich der Taoisten[1], war ebenso sehnig, schmal und hochaufgeschossen. Sein Glied war gespannt wie ein Bogen. Songlian hatte etwas Mühe zu atmen:

»Wie kommt es, daß Ihr so mager seid?« sagte sie. Chen Zuoqian legte sich hin und rollte sich in die Seidenbettdecke: »Sie sind es, die mich so ausgelaugt haben!«

Songlian drehte sich zur Seite, um das Licht zu löschen, doch Chen Zuoqian hielt sie zurück:

»Nein, laß es an! Ich möchte dich noch ansehen. Wenn du es löschst, kann ich nichts mehr sehen.«

Songlian streichelte sein Gesicht und sagte:

»Wie es Euch beliebt! Ohnehin kenne ich mich damit

1 In der taoistischen Religion ist der Kranich das Symbol der Unsterblichkeit. *(Anm. d. frz. Ü.)*

überhaupt nicht aus, ich will es gerne machen, wie Ihr es wollt!«

Songlian hatte den Eindruck, von großer Höhe in ein tiefes und dunkles Tal zu fallen. Schmerz und Taumel, welche sie empfand, vermischten sich auf eigenartige Weise mit einem Gefühl der Entspannung. Unaufhörlich und immer wieder kam ihr Meishans merkwürdig schwebendes Gesicht von unvergleichlicher Schönheit in den Sinn. Doch schließlich wurde auch es von der Finsternis verschlungen.

»Sie ist wirklich seltsam!« rief Songlian aus.

»Von wem sprichst du?«

»Von der Dritten Schwester. Sie war da, hinter dem Vorhang, um mich zu beobachten.«

Chen Zuoqians Hände bewegten sich von ihren Brüsten zu ihrem Mund hin.

»Rede nicht! Sag jetzt nichts mehr!«

In diesem Augenblick klopfte jemand leise an die Tür. Beide fuhren hoch. Chen Zuoqian schüttelte, an Songlian gewandt, verneinend den Kopf und löschte das Licht. Kurze Zeit später hörte man es wieder an die Türe klopfen. Chen Zuoqian sprang aus dem Bett und brüllte, außer sich:

»Wer ist da?«

Die äußerst schüchterne und ängstliche Stimme eines kleinen Mädchens antwortete:

»Der Dritten Herrin ist nicht wohl. Sie bittet, der Herr möge nach ihr sehen!«

Chen Zuoqian schrie:

»Sie lügt! Wieder einmal lügt sie! Geh hin und sag ihr, daß ich bereits im Bett liege!«

Das Mädchen draußen beharrte:

»Die Dritte Herrin ist wirklich ernsthaft krank. Es ist absolut notwendig, daß Ihr Euch an ihr Lager begebt! Sie sagt, sie liege im Sterben!«

Chen Zuoqian setzte sich an den Bettrand, dachte eine Weile nach und murmelte dann zwischen den Zähnen:

»Welchen Streich spielt sie denn nun wieder?«

Songlian, die ihn dennoch zögern sah, stieß ihn sanft an: »Geht hin! Was würde man sagen, wenn sie tatsächlich sterben müßte!«

In jener Nacht kehrte Chen Zuoqian nicht zu Songlian zurück. Sie konnte noch so sehr die Ohren spitzen und auf das kleinste Geräusch im Nordpavillon lauern, nichts schien sich dort zu ereignen. Man hörte bloß das Zwitschern eines Rotkehlchens im Granatapfelbaum, dessen Echo in der Ferne traurig verhallte. Zwischen Enttäuschung und Traurigkeit hin und her gerissen, wie sie es war, gelang es Songlian nicht mehr, Schlaf zu finden. Am anderen Morgen stand sie zeitig auf. Während sie ihre Toilette machte, stellte sie fest, daß ihr Gesicht sich tiefgreifend verändert hatte und daß insbesondere ihre Augen dunkel gerändert waren. Sie hatte die List genau durchschaut, zu welcher Meishan gegriffen hatte. Als sie Chen Zuoqian jedoch aus dem Nordpavillon treten sah, ging sie ihm trotz allem entgegen, um sich nach dem Gesundheitszustand der Dritten Herrin zu erkundigen und um zu erfahren, ob man den Arzt gerufen hatte. Peinlich berührt schüttelte Chen Zuoqian voll Überdruß den Kopf und war zu keiner Antwort zu bewegen. Er beschränkte sich darauf, Songlians Hand zu ergreifen und sie leicht zu drücken.

Nachdem sie über ein Jahr Vorlesungen an der Universität besucht hatte, vermählte Songlian sich mit Chen Zuoqian aus einem ganz einfachen Grund: Die Teemanufaktur, die ihr Vater leitete, war bankrott, und so konnte dieser es sich nicht mehr leisten, die Studien seiner Tochter zu bezahlen. Folglich hatte sie ihr Studium abgebrochen und war nach Hause zurückgekehrt. Sie war erst drei Tage dort, als sie Schreie und aufgeregtes Treiben aus der Küche vernahm. Sie stürzte hinzu und entdeckte ihren leblosen, quer über dem Rand des Beckens liegenden Vater. Dieses war nur noch ein Pfuhl von Blut und Wasser, aus dem Blasen aufstiegen. Er hatte sich die Pulsadern am Handgelenk aufgeschnitten, um sich sacht zu den Gelben Quellen[2] zu begeben.

Songlian hatte unendliche Verzweiflung empfunden. Als sie den erkalteten Körper ihres Vaters aufgerichtet hatte, war sie durchfrorener als der Leichnam. Sie wußte, daß dieser Todesfall nur der Vorbote einer ganzen Reihe Unglücke war, und dennoch hatte sie nicht

2 Dies sind die unterirdischen Quellen, wo die Seele des Menschen sich nach dem Tode des Körpers ausruht. *(Anm. d. frz. Ü.)*

die kleinste Träne vergossen. Später dann, obwohl bereits einige Tage niemand mehr wagte, das Becken zu benutzen, wusch sie sich auch weiterhin den Kopf darin. Die Ängste und unbesonnenen Auswüchse von Schüchternheit der Mädchen ihres Alters kannte sie nicht. Sie war sehr realistisch. Ihr Vater war tot, also würde sie nun ihr Schicksal selbst in die Hand nehmen müssen. Und während sie sich die Haare über dem Beckenrand wusch, während sie sie dann kämmte und wieder kämmte, sah sie ihrer Zukunft gelassen ins Auge. Desgleichen, als später ihre Stiefmutter ihr erklärte, daß sie nunmehr zwischen Arbeiten oder Heiraten wählen müßte, antwortete sie leidenschaftslos und ohne Zögern:

»Heiraten, natürlich!«

»Und willst du einen Mann aus einer gewöhnlichen Familie oder aus einer reichen Familie heiraten?« fragte ihre Stiefmutter noch.

»Was für eine Frage! Einen Mann aus einer reichen Familie, selbstverständlich!«

»Aber das ist etwas anderes, weißt du! Wenn du in eine reiche Familie gehst, dann bist du dort eine ›kleine‹ Ehefrau.«

»Wie das, ›klein‹?«

»Das bedeutet, daß du eine Konkubine sein wirst«, erklärte die Stiefmutter nach kurzem Überlegen. »Das ist ein etwas weniger ehrenvoller Titel...«

Mit sarkastischem Lachen antwortete Songlian:

»Der Titel spielt keine Rolle! Jemand wie ich kümmert sich nicht um Titel! Wie auch immer, ich vertraue mich Euch an, damit Ihr mich verkauft. Versucht, eine gute Partie für mich zu finden, im Namen der Zuneigung, die mein Vater Euch entgegenbrachte.«

Als Chen Zuoqian das erste Mal zu Besuch gekommen war, hatte sie sich geweigert, ihm die Tür zu öffnen, und ihm von innen zugerufen:

»Wenn Ihr Euch mit mir treffen wollt, dann nur in einem europäischen Restaurant!«

Chen Zuoqian hatte sich gesagt:

Nun ja, schließlich ist sie eine Studentin! Die müssen sich immer vor den anderen Frauen hervortun!

Er hatte also einen Tisch für zwei in einem europäischen Restaurant reserviert und wartete dort auf Songlian. An jenem Tag nieselte es. Chen Zuoqian schaute durch das Fenster auf die feuchte Straße, das Herz von Neugierde erfüllt, aber auch von einer gewissen Erregung, wie er sie noch nie zuvor bei seinen drei früheren Vermählungen empfunden hatte. Als er Songlian schließlich, unter einem Schirm aus kleingeblümter Seide, mit nonchalantem Schritt näher kommen sah, lächelte Chen Zuoqian zufrieden. Sie war genauso schön und frisch, wie er es sich vorgestellt hatte, und so jung! Songlian hatte sich ihm gegenüber hingesetzt, so erinnerte er sich, und aus ihrer Tasche eine gute Handvoll kleiner Kerzen herausgeholt. Sie hatte Chen Zuoqian ganz leise zugeflüstert:

»Würdet Ihr mir einen Kuchen bestellen?«

Chen Zuoqian hatte beim Kellner einen Kuchen verlangt und Songlian dann zugesehen, wie sie neunzehn Kerzen, eine nach der anderen, darauf steckte. Eine war ihr geblieben, die sie wieder in ihre Tasche zurückgetan hatte. Chen Zuoqian hatte sie gefragt:

»Weshalb diese Kerzen? Hast du heute Geburtstag?«

Songlian hatte bloß gelächelt. Sie hatte die Kerzen angezündet und lange Zeit versonnen die kleinen Flammen betrachtet. In ihrem Schein hatte ihr Gesicht den Charakter eines kostbar gearbeiteten Kunstgegenstands angenommen.

»Schaut, wie graziös die Flammen sind!« hatte sie verzückt ausgerufen.

Chen Zuoqian hatte zugestimmt:

»Ja, sie sind hübsch.«

Worauf Songlian einen langen Seufzer ausgestoßen und schließlich die Kerzen mit einem Atemzug ausgeblasen hatte. Chen Zuoqian hatte sie noch sagen hören:

»Laßt uns doch meinen Geburtstag im voraus feiern! So! Jetzt bin ich neunzehn!«

Chen Zuoqian hatte diesen Augenblick für unvergeßlich gehalten.

Noch lange danach rief er sich oftmals jene Szene ins Gedächtnis, wie Songlian die Kerzen ausblies, und auch ihrer beider Worte. Er hatte bei ihr eine geheimnisvolle und verlockende Kraft wahrgenommen. Gleichwohl, was ihn, den an sexuellen Erfahrungen reichen Mann, vor allem so wahnsinnig an ihr betört hatte, das waren die Energie und die Kräfte, die sie im Bett entfaltete. Von ihrer ersten Begegnung an hatte er bei ihr ungeheure Fähigkeiten, ihn zur Ekstase zu führen, vorausgeahnt, was sich in der Folge bestätigen sollte. Es fiel ihm schwer zu beurteilen, ob Songlians Glut angeboren oder bloß in der Absicht, ihm zu gefallen, simuliert war; Tatsache war jedoch, daß Chen Zuoqian sehr davon angetan war. In den Augen der anderen im Hause Chen, ob von hohem oder niederem Rang, war seine Neigung für Songlian offenkundig.

In einer Ecke der Mauer des Hintergartens stand eine Laube aus Glyzinien, die im Sommer wie im Herbst üppig blühten. Von ihrem Fenster aus beobachtete Songlian häufig die malvenfarbenen Blütentrauben, wie sie im Herbstwind schaukelten und dann Tag um Tag dahinwelkten. Auch hatte sie in der Laube einen Brunnen sowie einen Tisch und einige Hocker aus Stein entdeckt. Der Ort war still und angenehm; nie kam jemand dort vorbei, zudem war der Pfad, der dorthin führte, von Unkraut überwuchert, in dem sich Schmetterlinge tummelten. Zikaden sangen auf den knorrigen Ästen.

Songlian erinnerte sich, daß sie letztes Jahr, zur gleichen Zeit, in der blühenden Laube der Universität gesessen und gelesen hatte. Alles war wie in einem Traum. Langsam näherte sie sich dem Brunnen. Ihr Kleid ein wenig anhebend, gab sie acht, weder von dem Unkraut noch von den Insekten gestreift zu werden. Als sie ein paar Glyzinientriebe behutsam beiseite schob, entdeckte sie, daß der Tisch und die Hocker aus Stein mit Staub bedeckt waren. Sie ging zum Brunnen, dessen Rand und Steine völlig unter dem Moos verschwanden, und beugte sich darüber, um hineinzusehen. Das Wasser war blauschwarz. Vor langer Zeit herabgefallene

Blätter schwammen auf der Oberfläche. Songlian betrachtete das sanft sich kräuselnde Abbild ihres eigenen Gesichts, während sie ihrem dumpfen schwachen, durch den Brunnen verstärkten Atem lauschte. Ein Windstoß blies ihren Rock auf und ließ ihn einem Vogel im Flug ähneln. In diesem Augenblick überfiel sie ein heftiger Kälteschauder, so als würde ihr Körper hart von Steinen getroffen. In aller Eile lief sie zurück. Unter der Galerie des Südpavillons angekommen, stieß sie einen Seufzer der Erleichterung aus und wandte den Kopf, um nochmals zur Pergola hinüberzuschauen. Einige Blütentrauben lösten sich jäh von ihr ab. Songlian fand dies alles äußerst sonderbar.

Zhuoyun saß in Songlians Zimmer und wartete auf sie. Sogleich bemerkte sie ihren leicht verstörten Ausdruck und erhob sich, um sie zu stützen.

»Was ist Euch widerfahren?«

»Was mir widerfahren ist? Nichts! Ich habe nur gerade einen kleinen Spaziergang nach draußen gemacht«, antwortete Songlian.

»Ihr seid aber recht bleich im Gesicht!« wurde Zhuoyun deutlicher.

»Oh! Ich bin ganz einfach unwohl!« erklärte Songlian mit einem Lächeln.

Zhuoyun lächelte ihrerseits: »Ah, ich fragte mich auch, weshalb der Herr wieder zu mir gekommen ist!«

Sie öffnete ein kleines in Papier eingeschlagenes Päckchen und holte einen Coupon Seide hervor:

»Das ist echte Seide aus Sutschon! Ich gebe sie Euch, Ihr könnt Euch ein Kleid daraus machen lassen.«

»Oh, nein! Das kann ich nicht annehmen!« sagte Songlian, indem sie Zhuoyuns Hand zurückschob. »Wie könnte ich ein Geschenk von Euch entgegennehmen, wo es doch an mir ist, Euch etwas zu schenken!«

»Psst! Was sind denn das für Geschichten? Ich mag Euch ganz besonders gerne, und so ist mir dieser Ballen Seide in den Sinn gekommen... Wenn es für die von nebenan wäre, hätte ich mich sicher nicht davon getrennt, selbst für Geld nicht! So bin ich nun mal!«

Songlian nahm die Seide, legte sie auf ihren Schoß und bemerkte, während sie mit den Fingern darüberfuhr:

»Die Dritte Schwester ist gewiß etwas wundersam, aber sie ist wirklich sehr hübsch.«

»Hübsch?« erwiderte Zhuoyun. »Nehmt ihr das halbe Pfund Puder ab, das sie im Gesicht hat, und Ihr werdet es sehen!«

Songlian lachte, wechselte dann das Gesprächsthema: »Soeben war ich in der Laube, wo ich einen Augenblick verweilte. Dieser Ort gefällt mir sehr.«

»Was!« rief Zhuoyun aus, »Ihr wart am Brunnen der Toten? Geht nicht mehr dorthin! Dies ist ein Ort, der Unglück bringt!«

»Warum Brunnen der Toten?« fragte Songlian völlig überrascht.

»Jetzt verstehe ich, weshalb Ihr eben, als Ihr hereingekommen seid, so elend ausgesehen habt! Drei Personen sind in diesem Brunnen gestorben und versunken!«

Songlian stand auf, lehnte sich aus dem Fenster und schaute hinüber zu der Glyzinienlaube.

»Wer waren sie?«

»Alles Frauen aus diesem Haus, aber von der vorhergehenden Generation.«

Songlian wollte Genaueres wissen, doch Zhuoyun war nicht imstande, ihr mehr darüber zu sagen.

»Dieses Thema ist tabu bei den Chens. Alle hüllen sich darüber in Schweigen, selbst die Dienstboten!«

Songlian blieb einen Moment versonnen, wie tumb, und schloß endlich:

»Ach, wie auch immer, je weniger man bei solchen Dingen weiß, um so besser ist es!«

Die jungen Herren und jungen Fräulein bewohnten den Gebäudetrakt rund um den Haupthof. Eines Tages begegnete Songlian dort den beiden Schwestern Yirong und Yiyun, während sie in aller fröhlichen Unbefangenheit damit beschäftigt waren, in einem Graben nach Regenwürmern zu suchen. Auf den ersten Blick erriet sie, daß sie Zhuoyuns Fleisch und Blut waren. Songlian ging näher heran, um sie diskret zu beobachten. Die beiden Schwestern bemerkten ihre Anwesenheit, benahmen sich jedoch so, als ob sie allein gewesen wären, und füllten weiterhin eine kleine Bambusröhre mit Würmern. Songlian fragte sie:

»Warum sammelt Ihr diese Regenwürmer?«

»Zum Fischen!« antwortete Yirong.

Yiyun warf ihrerseits Songlian einen verächtlichen Blick zu und sagte äußerst unverfroren:

»Geht Euch das etwas an?«

Songlian faßte diese Antwort ein wenig als Affront auf, ging jedoch nicht weiter darauf ein. Sie hatte sich bereits ein paar Schritte entfernt, als sie die beiden Schwestern murmeln hörte, daß auch sie eine »Kleine« wie ihre Mutter sei. Songlian blieb wie vom Schlag gerührt stehen, wandte schließlich den Kopf, um sie mit vernichtenden Blicken zu strafen. Yirong gluckste vor Lachen. Yiyun, für ihren Teil keineswegs verlegen, schnitt ihr eine verächtliche Grimasse, bevor sie noch etwas Unverständliches flüsterte. Songlian dachte: Welch eine Schande! So jung und schon imstande, solch verletzende Reden zu führen! Gott weiß, wie Zhuoyun ihre Töchter erzogen hat!

Als sich Songlian dann Gelegenheit zu einer Begegnung mit Zhuoyun bot, konnte sie nicht umhin, ihr Yiyuns Betragen zu hinterbringen.

Zhuoyun bat sie in aller Form um Verzeihung:

»Dieses Kind redet immer ohne Sinn und Verstand! So wird sie mir nicht davonkommen! Ich werde es nicht versäumen, sie zu bestrafen!« Dann fügte sie noch hinzu:

»Eigentlich sind meine beiden Töchter im großen und ganzen ziemlich brav. Sie bereiten mir nicht allzuviel Sorgen. Ihr kennt den jungen Herrn von nebenan nicht? Das, das ist ein richtiger kleiner Teufel, der ist wie ein Hund, der beißt die Leute und bespuckt sie. Er hat Euch noch nicht gebissen?«

Songlian schüttelte den Kopf. Sie sah Feilan, den kleinen Jungen ihrer Nachbarin, deutlich vor sich, wie er einmal unter der Galerie stand und sie beobachtete, während er an seinem Brot knabberte. Seine Haare waren wohl frisiert, und er trug kleine Lederschuhe. Im Gesicht des Jungen hatte sie manches von Chen Zuoqians Mienenspiel wiedergefunden. Um so eher war sie bereit, ihn in ihr Herz zu schließen, und in ihrem Innersten hoffte sie, dem Herrn nun ihrerseits einen neuen Sohn zu schenken. Ein Junge, das ist besser als ein Mädchen, dachte Songlian bei sich, ganz gleich, ob er die Leute beißt oder nicht.

Songlian war dem Sohn und der Tochter von Yuru noch nicht begegnet, doch es war offenkundig, daß sie sich im Kreise der Familie Chen einer wichtigen Stellung erfreuten. Sie hatte des öfteren von ihnen reden hören.

Songlian wußte, daß Feipu seine Zeit außerhalb mit der Einbringung von Mietzinsen und Pachtgeldern verbrachte und daß er sich auch um Immobiliengeschäfte kümmerte. Was Yihui betraf, so studierte sie an der Universität der Höheren Töchter in Peking. Einfach aus Neugierde versuchte Songlian, durch Yan'er mehr über Feipu zu erfahren:

»Unser erster junger Herr ist sehr kompetent«, versicherte ihr Yan'er.

»Und in was ist er kompetent?«

»Ich weiß es nicht genau, eins jedoch ist sicher, nämlich daß er kompetent ist und daß die gesamte Familie Chen nunmehr auf ihn baut!«

»Und wie steht es mit dem ersten jungen Fräulein?« fragte Songlian noch.

»Unser erstes junges Fräulein ist hübsch und sanftmütig. Sicherlich wird es eines Tages eine wichtige Persönlichkeit heiraten.«

Tief in ihrem Innersten lächelte Songlian, wobei sie jedoch der Ton ärgerte, den Yan'er gewählt hatte, um die eine zu loben, indem sie den anderen verunglimpfte. Deshalb auch schalt sie den Perserkater, der eben noch auf ihrem Rockschoß saß, und jagte ihn mit einem Fußtritt davon.

»Taugenichts! Was machst du überhaupt hier?«

Tatsächlich ertrug Songlian Yan'er immer weniger. Insbesondere hielt sie ihr vor, in jeder freien Minute hinüber zu Meishan zu laufen; und außerdem legte sie jedesmal, wenn sie ihre Unterkleider zum Waschen abholte, eine mürrische Miene und ein griesgrämiges Benehmen an den Tag. Es war Songlian schon widerfahren, sie mit folgenden Worten zu tadeln:

»Weshalb ziehst du so eine Grimasse? Wenn du nicht in meinen Diensten bleiben willst, dann kehr doch in den Dienstbotentrakt zurück! Oder bitte darum, der Nachbarin zugeteilt zu werden!«

»Aber nein«, hatte Yan'er protestiert, »und außerdem, wie könnte ich eine Grimasse ziehen, wo der Himmel mich doch gesichtslos auf die Welt kommen ließ!«

Songlian hatte nach einem Kamm gegriffen und ihn ihr ins Gesicht geworfen. Yan'er hatte keinen Ton mehr gesagt.

Songlian ahnte wohl, daß ihre Dienerin es sich nicht verkniff, ihr Übles nachzureden. Doch sie war außerstande, ihr gegenüber zu hart zu sein, weil sie Chen Zuoqian einmal dabei überrascht hatte, wie er, als er an ihr vorüberging, die Gelegenheit wahrgenommen und ihr die Brust gestreichelt hatte. Seine Geste war sehr natürlich und fast flüchtig gewesen, doch es bestand kein Zweifel, daß gerade dies eine Erklärung für Yan'ers Arroganz bot. So war Songlian gezwungen, ihr Verhalten gegenüber Yan'er etwas zu mäßigen. Songlian dachte:

Mag sie auch bloß eine Dienerin sein, so weiß sie doch genau, daß diese kleinen Zärtlichkeiten des Herrn ihr erlauben, sich so aufzuspielen. Oh, diese Frauen! Welch komische Kreaturen!

Am Vortag zum Fest der Doppelten-Neun[3] war Feipu, der erste junge Herr, zurück.

Songlian hielt sich gerade im Innenhof auf und bewunderte die Chrysanthemen, als sie Yuru und den Hausverwalter aufgeregt um mehrere Männer herumlaufen sah. Einer von ihnen trug einen weißen Anzug; er war jung, und von weitem schien sein Profil ziemlich imposant. Songlian dachte, daß es sich bei ihm zweifellos um Feipu handelte. Sie beobachtete das Getue der Dienstboten, die eine beeindruckende Anzahl von Koffern und Paketen hinüber in den Hinterhof trugen, bis schließlich alle nacheinander in ihren Gemächern verschwanden. Schicklicherweise konnte sie selbst jedoch nicht ebenfalls hinübergehen. Nachdem sie eine letzte Chrysantheme gepflückt hatte, wandte sie sich also langsamen Schrittes zum Hintergarten. Auf dem Weg traf sie Zhuoyun und Meishan, die mit ihren Kindern auf sie zukamen. Zhuoyun hielt Songlian an:

3 Dieses Fest findet am neunten Tag des neunten Mondes statt. An diesem Tag wird der Ahnen gedacht, indem ihre Gräber gefegt werden, und man besteigt die Gebirge auf der Suche nach der Gunst der Götter. *(Anm. d. frz. Ü.)*

»Der erste junge Herr ist heimgekehrt. Geht Ihr ihn nicht besuchen?«

»Ich? Ihn besuchen gehen?« antwortete Songlian. »Ist es nicht vielmehr an ihm, mir einen Besuch abzustatten?«

»Ja! Ihr habt recht! Er muß Euch zuerst seine Aufwartung machen.«

Meishan, die neben ihnen stand, tätschelte ungeduldig Feilans Kopf: »Kommt! Beeilen wir uns!«

Erst bei Tisch machte Songlian dann endlich Feipus Bekanntschaft. An jenem Tag hatte Chen Zuoqian den Koch angehalten, ein Festmahl zu Ehren der Rückkehr seines Sohnes zuzubereiten. Während sie aufmerksam den Tisch begutachtete, auf dem all die vielen köstlichen Speisen angerichtet waren, konnte Songlian nicht umhin, sich daran zu erinnern, daß am Tage ihrer Ankunft bei den Chens das Essen weit weniger aufwendig gewesen war. Songlian hatte ein leichtes Gefühl der Bitternis, doch sehr rasch richtete sich ihre Aufmerksamkeit auf Feipu, der neben Yuru saß. Nachdem seine Mutter ihm ein paar Worte ins Ohr getuschelt hatte, erhob er sich halb von seinem Stuhl und grüßte Songlian lächelnd. Mit einem Kopfnicken erwiderte sie sein Lächeln. Sie war gleichermaßen von seiner Jugendlichkeit und seiner edlen Schönheit beeindruckt, die sie nicht erwartet hatte. Auch machte Feipu auf sie den Eindruck, ein gewandter Mann zu sein. Songlian gefiel es, die Leute auf diese Weise schon bei der ersten Begegnung zu beurteilen.

Am folgenden Tag also war das Fest der Doppelten-Neun. Der Gärtner hatte alle Chrysanthementöpfe im Garten umgestellt und in großen Schriftzeichen mit verschiedenfarbigen Blumen die Worte »Glück«, »Reichtum«, »langes Leben« und »Freude« gebildet. Schon zeitig aufgestanden, spazierte Songlian allein und staunend zwischen den Chrysanthemen umher. Der morgendliche Wind war frisch. Songlian, die nur eine ärmellose Wollweste trug, rieb sich im Gehen die Schultern mit den Händen. Schon von weitem erkannte sie Feipu, der aus dem Innenhof trat. Er kam auf sie zu. Sie zögerte noch, ihn zuerst zu begrüßen, als Feipu sie bereits ansprach: »Guten Morgen, Songlian!«

Ein wenig überrascht, so mit ihrem Vornamen angeredet zu werden, schüttelte diese den Kopf und sagte: »Die Etikette würde es wünschen, daß Ihr mich nicht bei meinem Vornamen nennt. Das ist eine Frage der Generation.«

Feipu, der auf der anderen Seite des Blumenbeetes stehengeblieben war, knöpfte lächelnd sein Hemd. Er erwiderte: »Ich weiß, ich hätte ›Vierte Tante‹ sagen müssen, aber Ihr seid sicherlich um einige Jahre jünger als ich! Wie alt seid Ihr?«

Mit verärgerter Miene drehte Songlian sich um und betrachtete die Blumen.

Feipu fragte sie:

»Ihr liebt die Chrysanthemen auch? Ich hoffte, der erste zu sein, wenn ich so zeitig herkomme! Ich hätte mir nie träumen lassen, daß Ihr noch früher kämt...«

»Ich liebe Chrysanthemen seit meiner frühsten Kindheit über alles. Ihr seht, nicht erst seit heute!«

»Welche Spezies zieht Ihr vor?«

»Ich mag alle Sorten gern, mit Ausnahme der ›Krabbenscheren‹. Die verabscheue ich!«

»Aber weshalb?«

»Sie tun so arrogant, wenn sie aufblühen.«

»Wie sonderbar! Gerade die bevorzuge ich!« sagte Feipu lachend.

»Genau das dachte ich mir!« entgegnete Songlian, indem sie ihm einen verstohlenen Blick zuwarf.

»Darf ich Euch auch hierüber nach dem Grund fragen?«

Songlian kam ein paar Schritte näher:

»*Die Blume ist nicht Blume. Der Mensch ist nicht Mensch. Die Blume, das ist der Mensch, und der Mensch ist die Blume*... Ihr versteht diese Maxime?«

Da sie plötzlich den Kopf hob, nahm sie in Feipus Blick einen außergewöhnlichen Glanz wahr. Er hatte sie kaum gestreift, flüchtig wie eine Wasserpflanze, doch sie hatte ihn genau gesehen, hatte ihn einfangen können.

Feipu, der mit den Händen in den Seiten neben den Chrysanthemen stand, rief plötzlich aus:

»Und wenn ich die Anordnung ändern würde?«

Songlian antwortete nicht. Sie beobachtete, wie Feipu die »Krabbenscheren« wegnahm und an ihrer Stelle mehrere Töpfe mit schwarzen Chrysanthemen hinstellte. Nach einer Weile ergriff sie wieder das Wort:

»Die Blumen sind schön, aber die Schriftzeichen, die sie bilden, sind nicht sehr originell, sie sind recht gewöhnlich!«

Feipu klatschte in die Hände, um die Erde abzuschütteln, und fügte dann augenzwinkernd hinzu:

»Da kann man aber nichts machen. Mein Vater nämlich hat es verfügt, die Töpfe so anzuordnen, daß sie die vier Worte ›Glück‹, ›Reichtum‹, ›langes Leben‹ und ›Freude‹ bilden. Das ist jedes Jahr dasselbe. Es geht darum, einen alteingewurzelten Brauch zu wahren, der uns von unseren Ahnen seit Generationen überliefert wurde.«

Jedesmal, wenn Songlian sich in der Folge jene Episode vom Fest der Doppelten-Neun ins Gedächtnis rief, bei der sie zusammen mit Feipu die Chrysanthemen bewundert hatte, versetzte sie dies in gute Laune. Man hätte meinen können, daß jener Tag den Anfang eines stillschweigenden Einverständnisses zwischen Feipu und ihr selbst begründet hätte. Während sie daran zurückdachte, wie Feipu für sie die »Krabbenscheren« umgestellt hatte, kam es vor, daß sie in Lachen ausbrach, denn in Wahrheit, und das wußte nur sie allein, verabscheute sie diese Sorte Chrysanthemen nicht sonderlich!

Wen zieht Ihr vor?« Auf ihrem Kissen ausgestreckt, hatte Songlian diese Frage schon so manches Mal Chen Zuoqian gestellt.

»Welche von uns vier liebt Ihr am meisten?«

»Dich selbstverständlich!« antwortete der Herr.

»Und Yuru?«

»Oh! Sie gleicht schon lange einem alten Hühnervogel.«

»Und Zhuoyun?«

»Zhuoyun? Sie ist noch recht anziehend, aber sie fängt an, sich ein wenig gehenzulassen!«

»Und wie steht es mit Meishan?« Songlian gelang es nie, ihre Neugierde hinsichtlich der Dritten Schwester zu zähmen.

»Woher stammt sie?«

»Woher sie stammt? Da habe ich wirklich keine Ahnung! Sie selbst dürfte es im übrigen auch nicht genau wissen!«

»Ist sie Waise?«

»Sie war Schauspielerin der Peking-Oper und spielte Frauenrollen in der Caotai-Truppe. Ich war selbst Künstler, aus Liebhaberei. Es kam häufig vor, daß ich sie hinter den Kulissen aufsuchte und sie zum Nachtessen einlud. Von Besuch zu Besuch hat sie sich schließlich mit mir zusammengetan.«

»Alle Frauen haben Verlangen nach Euch«, sagte Songlian und tätschelte Chen Zuoqians Gesicht.

»Da hast du nicht ganz recht. Es wäre richtiger zu sagen, daß alle Frauen Verlangen nach einem reichen Mann haben!«

»Aber auch Ihr habt nicht ganz recht!« widersprach Songlian.

»Es sind eher die reichen Männer, die Frauen haben wollen! Das Geld genügt ihnen nicht. Sie sind nie zufrieden!«

Songlian hatte Meishan noch nie die Peking-Oper singen hören. An jenem Morgen wurde sie von einem klaren und melodischen Gesang, den der Wind bis an ihr Fenster trug, aus ihren Träumen geweckt. Sie schmiegte sich eng an Chen Zuoqian, der an ihrer Seite lag, und fragte ihn: »Ist das Meishan, die singt?«

»Ja, sie singt, wenn sie fröhlich ist!« brummelte Chen Zuoqian halbwach. »Wenn sie verärgert ist, weint sie! Sie ist unmöglich!«

Songlian öffnete das Fenster. Der Garten lag unter einer dünnen Schicht herbstlichen Rauhreifs, der über Nacht gefallen war. In der Glyzinienlaube sang und tanzte eine mit einer Jacke und einem schwarzen Rock bekleidete Frau. Es war wirklich Meishan.

Eine Jacke über den Schultern, trat Songlian hinaus. Sie blieb unter der Galerie stehen, um Meishan, die vollkommen in ihre Rolle versunken war, aus der Ferne zu beobachten. Songlian fand ihren Gesang zugleich traurig und betörend. Wie sie so lauschte, begann ihr Herz stärker zu schlagen. Eine ganze Weile verstrich, dann plötzlich verstummte Meishans Gesang. Sie schien Songlians tränenüberströmten Blick aufgefangen zu haben. Die langen Ärmel ihres Operngewands über die Schultern werfend, machte sie kehrt. Im Licht der Morgendämmerung glitzerten ihr Gesicht und ihre Kleider wie Kristall. Ihr zu einem Dutt gerolltes Haar war feucht von Reif. Und so kam sie näher, ebenso durchnäßt und verloren wie ein im Regenwind schaukelnder Grashalm.

»Ihr weint! Ihr habt also kein glückliches Leben? Weshalb weint Ihr?« Meishan war vor Songlian stehengeblieben und hatte sie mit gleichgültigem Ton angesprochen. Songlian zog ein Taschentuch hervor und wischte sich die Augenwinkel.

»Das weiß ich nicht genau! Was habt Ihr gerade gesungen?«

»Die Arie aus der Oper *Die Gehenkte*. Gefällt es Euch?«

»Ich verstehe nicht viel von der Oper, aber Eure Art zu singen mag ich gern. Sie ist so bewegend. Das war es, was mich traurig gemacht hat.«

Während sie sprach, bemerkte Songlian zum ersten Mal einen liebenswürdigen Ausdruck in Meishans Gesicht. Den Kopf senkend, betrachtete jene versonnen ihr Opernkostüm:

»Ach, wißt Ihr, das ist nur Theater! Nichts, was Euch traurig macht. Der Schauspieler im Theater, der seine Rolle gut spielt, täuscht die anderen, doch der, der schlecht spielt, betrügt nur sich selbst!«

Im Zimmer begann Chen Zuoqian zu husten. Songlian warf Meishan einen etwas verlegenen Blick zu.

»Geht Ihr ihm nicht beim Ankleiden helfen?« wunderte sich Meishan.

»Er zieht sich allein an«, antwortete Songlian, den Kopf schüttelnd, »er ist doch kein Kind!«

»Soso! Wie kommt es, daß er von mir verlangt, ich soll ihn anziehen?« lachte Meishan, augenscheinlich leicht gekränkt. »Offenbar wird in diesem Hause mit zweierlei Maß gemessen...«

In diesem Augenblick rief Chen Zuoqian:

»Meishan, komm doch herein und sing mir etwas vor!«

Augenblicklich kräuselte Meishan ihre feinen, reizend in Form eines Weidenblattes gemalten Augenbrauen. Sie kicherte, eilte dann unters Fenster und antwortete Chen Zuoqian:

»Ich habe überhaupt keine Lust dazu!«

Auf diese Weise bekam Songlian Gelegenheit, Meishans Charakter besser einzuschätzen. Einmal, als sie mit Chen Zuoqian indirekt auf dieses Thema zu sprechen kam, gestand ihr dieser:

»Das ist meine Schuld! In den letzten Jahren habe ich sie zu sehr verwöhnt. Sie wagt es sogar, sich an meinen Ahnen zu vergreifen, wenn sie verärgert ist!« Dann fügte er noch hinzu: »Sie ist ein Miststück! Wahrlich, ich werde mich eines schönen Tages dazu durchringen müssen, sie ernsthaft zu bestrafen!«

»Seid nicht zu grausam zu ihr!« verteidigte sie Songlian.

»Sie ist doch wirklich zu bedauern: So allein auf der Welt, ohne Verwandte oder Freunde, befürchtet sie natürlich, daß Ihr sie nicht mehr liebt, und das verbittert sie...«

Das Verhältnis zwischen Songlian und Meishan war fortan weder herzlich noch reserviert. Als begeisterte Mah-Jongg-Spielerin lud sie häufig andere Spieler zu sich ein. Die Partien begannen nach dem Abendessen und endeten erst spät in der Nacht. Durch die Wand vernahm Songlian deutlich das Klappern beim Mischen der Steine, was sie oft am Einschlafen hinderte. Sie beklagte sich darüber bei Chen Zuoqian, doch dieser sagte nur:

»Versuch es zu ertragen! Während sie Mah-Jongg

spielt, ist sie halbwegs normal! Und wenn sie ihr gesamtes Geld verliert, dann werde ich ihr jedenfalls keins mehr geben! Lassen wir sie spielen! Lassen wir sie spielen, bis sie es leid sein wird!«

Eines Tages schickte Meishan ihre Dienerin, um Songlian zu bitten, sich an ihren Spieltisch zu gesellen. Songlian lehnte ab und schickte die Dienerin mit den Worten zurück:

»Ich, Mah-Jongg spielen? Aber wo denkt Ihr hin?«

Auf die Dienstbotin bemühte sich Meishan in eigener Person zu ihr:

»Wir sind schon zu dritt. Es fehlt nur noch ein Spieler. Macht uns die Ehre und nehmt an! Bitte!«

»Ich kann aber nicht spielen«, antwortete Songlian, »ich werde verlieren!«

»Kommt!« beharrte Meishan, wobei sie sie am Arm mitzog. »Wenn Ihr verliert, werden wir von Euch kein Geld fordern! Oder aber laßt es uns so machen: Ihr gewinnt, und die Gewinne streicht Ihr ein. Und falls Ihr verliert, bezahle ich für Euch.«

»Oh, es ist keine Frage des Geldes! Die Wahrheit ist, daß ich Spielen nicht mag.«

Bei diesen Worten sah Songlian Meishan erblassen. Jene erwiderte mit einem verächtlichen Grummeln:

»Ja, für wen haltet Ihr Euch eigentlich? Bildet Ihr Euch vielleicht ein, die Hüterin eines großen Schatzes zu sein, daß Ihr Euch derart ziert, Euch hinüberzubewegen? Aber Ihr habt bloß einen alten, ganz vertrockneten Knacker!«

Vor Zorn erstickend stand Songlian kurz davor, ihre Wut herausplatzen zu lassen, schluckte jedoch alle Beschimpfungen, die ihr auf der Zunge lagen, herunter. Nach einigen Sekunden des Nachdenkens sagte sie nur, indem sie sich auf die Lippen biß:

»Gut, einverstanden, ich folge Euch!«

Zwei weitere Spieler hatten bereits um den Tisch Platz genommen und erwarteten sie: Der eine war Chen Zuowen, der Verwalter, und der andere ein Unbekannter, den Meishan als einen Arzt vorstellte. Letzterer trug eine Brille mit vergoldetem Gestell; sein sonnengegerbter Teint kontrastierte mit seinen Lippen, die so rosig und voll wie die einer Frau waren. Songlian hatte ihn bereits des öfteren in Meishans Pavillon hineingehen und wieder herauskommen sehen. Ohne zu wissen, weshalb, glaubte sie nicht, daß er wirklich Arzt war.

Am Mah-Jongg-Tisch sitzend war Songlian mit den Gedanken ganz woanders. Zudem, wie sie gesagt hatte, spielte sie nicht allzugut. Ihr Spiel machte sie konfus, und sie hörte nur ihre Partner »Ich habe gewonnen!« oder »Unentschieden!« rufen. Sie tat nichts, als Geld auszugeben, und dies begann sie allmählich ernsthaft zu verdrießen: »Ich habe Migräne! Ich würde gerne auf mein Zimmer gehen und mich ausruhen!«

»Wenn man einmal angefangen hat, muß man wenigstens acht Partien spielen«, antwortete Meishan. »So ist die Regel! Ihr tut Euch schwer zu verlieren, he?«

Chen Zuowen griff ein: »Ach, das ist doch nichts! Man sagt häufig, daß man große Unglücke dadurch verhindert, daß man ein bißchen Geld verliert!«

Meishan setzte hinzu:

»Und versichert Euch, daß Ihr heute eine gute Tat zugunsten von Zhuoyun vollbringt! In letzter Zeit langweilte sie sich zu Tode. Leiht ihr den Alten für eine Nacht, und als Gegenleistung werden wir sie bitten, das, was Ihr verloren habt, zu begleichen.«

Die beiden Männer lachten. Auch Songlian mußte lachen: »Meishan, Ihr seid wirklich geistreich!« Doch im Grunde ihres Herzens verwand sie diesen Scherz genauso schlecht, wie wenn sie eine Mücke verschluckt hätte.

Mit kaltem Blick verfolgte Songlian, wie Meishan und der Arzt verstohlen liebevolle Blicke tauschten. Wahrhaftig, nichts kann mir entgehen, dachte sie. Als sie die Steine mischte, ließ sie einen zu Boden fallen. Sie beugte sich hinunter, um ihn aufzuheben, und ertappte unversehens ihre eng ineinander verschlungenen Beine unterm Tisch. Sie trennten sich zwar sehr rasch und wie von selbst, doch Songlian hatte es ganz unzweifelhaft gesehen.

Sie blieb völlig gleichmütig. Und hörte sogar auf, Meishan und den Arzt anzuschauen. Die Gefühle, die sie in diesem Augenblick bewegten, waren vielschichtig: Sie war etwas verwirrt, ein wenig nervös und gleichzeitig erfreut über das unvermeidliche Ungemach, das über Meishan niedergehen würde. Insgeheim dachte sie noch, daß Meishan allzu exzentrisch war und sich wahrhaftig zu viele Freiheiten herausnahm.

Es war einer jener trüben Tage wie so oft im Herbst: Wenn man aus dem Fenster schaute, sah man den dunklen Himmel und den feinen Regen, der unaufhörlich auf den Garten herniederfiel und ein Geräusch wie von zerberstender Jade verursachte, wenn er die Äste und die Blätter der Judasbäume und der Granatapfelbäume traf. Müßig saß Songlian neben dem Fenster und betrachtete ein Stück Seidenstoff, das vom Regen völlig durchnäßt auf der Wäscheleine hing. Sie war schlechter Laune, vage besorgt und verwirrt aufgrund der dunklen Gedanken, die besser nicht ans Licht kommen sollten.

Es war ihr unbegreiflich, weshalb sie, bei regnerischem Wetter, stets an jene Dinge dachte, die man im Bett macht. Chen Zuoqian konnte diesen tiefgreifenden Einfluß des Wetters auf Songlians Verhalten nicht bemerkt haben. Er war etwas verschämt, nicht auf der Höhe zu sein:

»Die Last der Jahre verschont einen nicht! Außerdem sperre ich mich strikt dagegen, auf Stärkungsmittel wie das Drei-Peitschen-Öl zurückzugreifen.« Chen Zuoqian streichelte die rosige und leicht brennende Haut von Songlian und spürte darunter eine Vielzahl gieriger Kaninchen tollen. Seine Hände wurden ungestümer, und bald heftete sich auch sein Mund an Songlians Körper. Diese lag mit feurigem Gesicht seitlings auf dem langen Divan. Aufmerksam lauschte sie dem Geräusch des Regens draußen. Mit fast geschlossenen Augen stöhnte sie:

»Das kommt vom Regen...«

»Was sagst du? Juwelen?« fragte Chen Zuoqian, der nicht richtig verstanden hatte.

»Ja, Juwelen! Ich würde gerne das schönste Stück aller Juwelen haben!«

»Ich habe dir immer alles gegeben, was du dir wünschtest! Aber sage ihnen nur ja nichts davon!«

Songlian drehte sich jäh um und setzte sich auf:

»Die? Die sind mir gleichgültig! Die sind mir vollkommen egal!«

»Selbstverständlich, keine von ihnen ist dir ebenbürtig!«

Chen Zuoqian stellte eine brüske Veränderung in Songlians Blick fest. Sie schob ihn beiseite, streifte rasch ein Unterkleid über und stellte sich ans Fenster. Besorgt erkundigte sich Chen Zuoqian:

»Was hast du denn?«

Songlian wandte den Kopf und antwortete mit Bitterkeit: »Ich habe keine Lust mehr! Weshalb habt Ihr wieder von ihnen gesprochen?«

Verdrossen gesellte sich Chen Zuoqian zu Songlian ans Fenster, und gedankenverloren schauten sie dem fallenden Regen zu. Der Garten war leer und verwaist. In diesen Momenten war die Luft überall erstickend, von unerträglicher Feuchtigkeit, doch die Blätter an den Bäumen verströmten einen gewissen Eindruck von Frische. Die Glyzinienlaube in der Ferne wurde vom Wind durchgeblasen und schaukelte wie eine menschliche Gestalt unter den Böen. Songlian besann sich des Brunnens und der Gerüchte, die über ihn kursierten:

»Die Dinge in diesem Garten haben ein recht gespenstisches Aussehen!«

»Wie das, ein gespenstisches Aussehen?« fragte Chen Zuoqian. Mit geschürzten Lippen wies Songlian auf die Glyzinienlaube.

»Der Brunnen, dort hinten!«

»Ach, dort haben sich doch bloß zwei Menschen hineingestürzt. Sie wollten einfach nur ihr Leben verkürzen.«

»Wer waren sie?«

»Du kennst sie sowieso nicht. Es waren zwei Frauen aus der vorhergehenden Generation.«

»Es waren Konkubinen, nicht wahr?«

»Wer hat es dir gesagt?«

Chen Zuoqian schien augenblicklich gereizt.

»Niemand hat es mir gesagt! Ich habe sie selbst gesehen!« erklärte Songlian lächelnd. »Irgendwann bin ich zum Brunnen gegangen, und als ich über den Rand hineinschaute, habe ich sogleich zwei Frauen erblickt, die darauf schwammen. Die eine ähnelte mir, die andere übrigens auch.«

»Rede doch kein sinnloses Zeug! Und außerdem, von heute an gehst du nicht mehr dorthin!«

»O nein! Das kann ich nicht!« protestierte Songlian und klatschte dabei in die Hände. »Ich muß diese beiden Schemen, die nur noch ihre Seelen haben, unbedingt fragen, weshalb sie sich in den Brunnen gestürzt haben!«

»Muß man das noch fragen? Es ist doch offensichtlich, daß sie ihre Ehre verloren hatten...«

Eine ganze Weile blieb Songlian in ihre Überlegungen vertieft und sagte dann freiheraus:

»Jetzt verstehe ich, weshalb man so viele Brunnen in diesem Garten gegraben hat. Die sind für all jene, die sich das Leben nehmen wollen!«

Chen Zuoqian packte Songlian beim Arm:

»Du phantasierst immer mehr! Hör auf, an all diese Dinge zu denken!«

Während er sprach, nahm Chen Zuoqian Songlians

Hand und legte sie auf sein Geschlecht: »Ich habe jetzt wieder Lust! Los, komm! Nichts wäre mir lieber, als in deinem Bett zu sterben!«

Im Garten fiel noch immer der eisige Herbstregen, und im Zimmer hauchte die Liebe ihren letzten Atemzug aus. Vor Songlians Augen herrschte tiefe Finsternis. Bloß ein paar violette Margeriten auf dem Frisiertischchen warfen einen zarten rötlichen Schatten zurück. Songlian vernahm draußen ein Geräusch; aufs Geratewohl griff sie sich ein Parfumflakon und schleuderte es heftig gegen die Tür. Chen Zuoqian fragte sie:

»Was ist denn jetzt in dich gefahren?«

»Sie belauert uns!«

»Wer belauert uns?«

»Yan'er!«

»Aber nein! Auf jeden Fall kann sie nichts sehen«, antwortete Chen Zuoqian lachend.

Songlian sagte mit schroffem Ton:

»Verteidigt sie nicht! Ich rieche ihren widerlichen Geruch, selbst aus großer Ferne!«

Eine Gruppe von Leuten saß bei Tagesanbruch im Garten und lauschte Feipus Flötenspiel. Dieser war mit einem chinesischen Seidenanzug bekleidet, der seine ungezwungene Art und seine natürliche Distinktion besonders zur Geltung brachte. Er hatte, die Flöte in der Hand, in der Mitte der Runde Platz genommen. Die Mehrzahl der Freunde, die gekommen waren, um ihm zu lauschen, waren Bekannte aus dem Geschäftsleben. Dieser Auflauf weckte die Neugier des gesamten Hauses Chen. Unter der Galerie stehend, schauten die Dienstboten aus der Ferne aufmerksam herüber und tuschelten sich Heimlichkeiten ins Ohr. In den verschiedenen Gemächern konnte man ebenfalls die Melodie vernehmen, die wie ein dünnes Rinnsal sachte durch die Fenster drang. Jedermann kam in den Genuß von Feipus Musik, selbst diejenigen, die sich gewünscht hätten, davon verschont zu bleiben.

Songlian jedoch wurde häufig vom Klang seiner Flöte angerührt, manchmal so stark, daß sie heiße Tränen zu weinen begann. Sie hatte große Lust, hinüberzugehen und sich zwischen diesen Männern niederzulassen, um näher bei dem ersten jungen Herrn zu sein. Dieser erinnerte sie an einen Studenten der Universität, der, allein in einem leeren Saal sitzend, Violine spielte. Sie entsann sich nicht mehr genau seines Gesichts und hatte für ihn niemals ein selbst geheimgehaltenes Gefühl der Liebe empfunden, doch die Schönheit einer solchen Szene vermochte sie leicht zu verwirren. Ihr Geist wurde von tausend Gedanken bewegt wie Kräusel auf der Oberfläche von stehenden Wassern im Herbst.

Erst nach langem Zögern trug Songlian einen Korbstuhl unter die Galerie und setzte sich hinein, um bedächtig der von Feipu gespielten Melodie zu lauschen. Kurze Zeit später jedoch verstummte die Musik, und die Männer fingen an, sich zu unterhalten.

Augenblicklich verlor Songlian jegliches Interesse. Reden, reden, wie langweilig ist das doch! Immer handelt es sich nur um Lügen und Täuschungen! Sobald die Leute zu schwatzen beginnen, werden sie arglistig und verschlossen. Songlian erhob sich und kehrte in ihr Zimmer zurück. Schlagartig erinnerte sie sich dann, daß sie ebenfalls eine Flöte, von ihrem Vater ihr vermacht, in ihrem Gepäck verwahrte. Folglich öffnete sie ihren Rattankoffer, der ein wenig nach Moder roch, hatte er doch seit langem schon keine Sonne mehr gesehen. Die Kleider aus der Zeit, da sie noch Studentin war, und die sie nicht mehr trug, lagen darin wohlgeordnet übereinander, völlig von Staub bedeckt, ein Spiegelbild ihrer Vergangenheit. Sie fing an, über die

Wunschträume ihrer Jugend nachzudenken und über ihre Enttäuschungen.

Sie nahm all ihre Kleidungsstücke heraus, ohne die Flöte zu entdecken. Dabei erinnerte sie sich genau, sie vor der Abreise tief in den Koffer gestopft zu haben. Wie kam es dann, daß sie nicht mehr dort war?

»Yan'er, Yan'er! Komm her!« rief Songlian zur Galerie hin. Die Dienerin kam:

»Ja, gnädige Herrin. Hört Ihr dem jungen Herrn nicht mehr beim Flötenspiel zu?«

»Warst du an den Sachen in meinem Koffer?«

»Ja. Erinnert Euch, es ist einige Zeit her, da habt Ihr mich gebeten, all Eure Kleider ordentlich zusammenzulegen und sie sauber einzuräumen.«

»Hast du meine Flöte nicht gesehen?«

»Eine Flöte? Nein. Außerdem spielen doch nur die Männer Flöte!«

»Du hast sie mir gestohlen, he?« lachte Songlian hämisch und schaute Yan'er dabei direkt in die Augen.

»Gnädige Herrin, ich bitte Euch, beschuldigt mich nicht so! Aus welchem Grund sollte ich Eure Flöte gestohlen haben?«

»Weil du böswillig und gehässig bist. Von morgens bis abends machst du nichts anderes, als üble Machenschaften gegen mich anzetteln. Und jetzt tust du wie eine, die sich nichts vorzuwerfen hat!«

»Gnädige Herrin, Ihr seid ungerecht zu mir! Ihr

könnt den Herrn fragen, den jungen Herrn, die Erste Herrin, die Zweite und die Dritte, niemals habe ich auch nur die kleinste Münze gestohlen.«

Songlian schenkte ihr keinerlei Beachtung mehr. Sie warf ihr einen verächtlichen Blick zu, lief dann in das kleine Seitenzimmer, wo ihre Dienerin untergebracht war. Einen Fuß auf Yan'ers Holztruhe gesetzt befahl sie:

»Du bietest mir die Stirn, nun gut, dann öffne mir diese Truhe!«

Yan'er versuchte, Songlians Fuß fortzubewegen, wobei sie inständig bat:

»Gnädige Herrin, nehmt Euren Fuß weg. Ich habe Eure Flöte nicht genommen! Ich schwöre es!«

Yan'ers bestürzter und angstverzerrter Gesichtsausdruck steigerte nur noch Songlians Argwohn. Sie griff nach einem Beil, das in einer Ecke des Zimmers lehnte:

»Ich werde sie entzweischlagen, dann werden wir ja sehen! Falls meine Flöte wirklich nicht drin ist, gebe ich dir morgen eine andere Truhe.«

Worauf sie, mit zusammengebissenen Zähnen, wuchtig mit dem Beil ausholte und der Koffer in tausend Stücke zerbarst. Kleider, einige Geldstücke, allerlei Nippes lag über den Boden verteilt. Songlian schüttelte die ganzen Kleidungsstücke und Gegenstände aus, ohne jedoch ihre Flöte zu finden. Plötzlich stieß sie auf ein kleines, gut ausgestopftes Päckchen, in weißem Stoff eingeschlagen. Sie wickelte es aus und entdeckte eine Stoffpuppe, deren Herz von drei feinen Nadeln durchbohrt war. Zuerst fand sie dieses Püppchen nur lächerlich, doch sehr bald wurde ihr bewußt, daß es ihr sonderbar ähnelte. Sie untersuchte es genauer und entdeckte die verschwommenen Umrisse zweier Schriftzeichen in Tinte: Song lian! In diesem Augenblick verspürte sie einen heftigen Stich im Herzen, so als wäre sie tatsächlich von den drei Nadeln durchbohrt worden. Ihr Gesicht wurde jäh von einer tödlichen Blässe überzogen. Yan'er stand neben ihr, gegen die Wand gelehnt, und schaute sie voller Entsetzen an. Plötzlich stieß Songlian einen schrillen Schrei aus, sprang auf Yan'er, packte sie bei den Haaren und begann ihren Kopf gegen die Wand zu hämmern. Mit Tränen in den Augen brüllte sie:

»So, du verfluchst mich! So, du willst meinen Tod!«

Yan'er hatte nicht die Kraft, sich zu befreien. Sie blieb einfach nur gelähmt vor Schreck stehen und schluchzte. Songlian kam außer Atem, wurde müde, und plötzlich ging ihr folgendes durch den Sinn: Yan'er ist des Lesens und Schreibens unkundig; wer also kann die Zeichen auf die Puppe geschrieben haben? Bei diesem Gedanken schnürte ihr Herz sich noch um so stärker zusammen. Nach einer Weile kniete sie nieder und schickte sich an, ihrer Dienerin die Tränen abzuwischen. Mit sanfterem Ton sagte sie freundlich:

»Weine nicht mehr! Es ist schon vorbei. Achte nur darauf, in Zukunft nicht wieder damit anzufangen. Ich werde dir diesen Vorfall nicht nachtragen, aber du mußt mir sagen, wer diese Zeichen für dich geschrieben hat.«

Weiter schluchzend schüttelte Yan'er den Kopf:

»Nein, das will ich Euch nicht sagen! Ich kann es nicht!«

»Hab keine Angst! Ich werde nicht mehr in Wut geraten. Sag mir alles, und ich werde es darauf beruhen lassen!«

Da Yan'er weiterhin nur mit Kopfschütteln verneinte, begann sie sie auszufragen:

»War es Yuru?«

Yan'er schüttelte den Kopf.

»Dann war es sicher Meishan?«

Wieder schüttelte Yan'er den Kopf. Songlian verschlug es den Atem. Ihre Stimme bebte leicht, als sie endlich fragte:

»Zhuoyun?«

Yan'er rührte sich nicht mehr. Traurig und tumb starrte sie vor sich hin. Songlian richtete sich auf und hob den Blick gen Himmel:

»Man kann den Leuten nur in ihr Gesicht sehen, aber niemals in ihr Herz! Und trotzdem konnte ich es mir fast denken!«

Chen Zuoqian fand Songlian mit roten und geschwollenen Augen vor. Sie saß ganz allein auf dem Divan, in ihren Gedanken verloren, und zwirbelte zwischen den Fingern eine verwelkte Margerite.

»Hast du gerade geweint?« fragte sie Chen Zuoqian.

»Aber nein! Ihr seid so nett zu mir, weshalb sollte ich da weinen?«

»Wenn du das Eingesperrtsein nicht erträgst, kann ich dich ja in den Garten auf einen kleinen Spaziergang begleiten. Wir können auch außerhalb soupieren gehen.«

Nach einigem Nachdenken zwirbelte Songlian die Blume noch ein paarmal in ihrer Hand, warf sie dann aus dem Fenster und fragte in gleichgültigem Ton:

»Wo habt Ihr meine Flöte hingetan?«

Chen Zuoqian zögerte einen Augenblick und erklärte schließlich:

»Ich hatte Angst, daß sie dir dein Herz entführen würde, ich habe sie weggeschlossen!«

Um Songlians Mundwinkel huschte ein abschätziges Lächeln: »Mein ganzes Herz ist hier. Wohin könnte es sich wenden?«

»Dann sag mir also, wer dir diese Flöte geschenkt hat?« fragte Chen Zuoqian mit strenger Miene.

»Ich habe sie nicht geschenkt bekommen! Ich habe sie geerbt!« antwortete Songlian unbekümmert. »Es war mein Vater, der sie mir hinterlassen hat!«

Chen Zuoqian war leicht verwirrt:

»Oh, ich bin allzu mißtrauisch! Ich glaubte, daß es irgendein Student war, der sie dir zum Geschenk gemacht hat!«

»Geht sie rasch holen und gebt sie mir zurück!« sagte Songlian und streckte die Hand aus. »Meine Sachen verwahre ich selbst!«

Chen Zuoqian machte ein noch betreteneres Gesicht. Er begann auf und ab zu gehen und dabei die Hände zu ringen: »Das ist leider unmöglich! Ich habe sie verbrennen lassen!«

Vergebens wartete er auf eine Antwort von Songlian. Da die Dunkelheit zusehends das Zimmer erfüllte, zündete Chen Zuoqian die Lampe an und sah Songlian weiß wie ein Leintuch vor sich, Tränen kullerten ihr lautlos über die Wangen.

Diese Nacht sollte für beide eine recht eigentümliche Nacht werden! Wie ein kleines Lamm in sich zusammengekrümmt hielt Songlian sich von Chen Zuoqians Körper fern. Dieser streckte die Hand aus, um sie zu streicheln, erhielt jedoch keinerlei Zeichen der Antwort. Er löschte das Licht, zündete es dann wieder an. Er musterte Songlians Gesicht, so kalt und gleichgültig wie ein Blatt Papier.

»Du übertreibst! Ich bin vor dir fast auf die Knie gefallen, um dich um Verzeihung zu bitten.«

Songlian schwieg noch eine Weile und sagte dann: »Ich fühle mich nicht wohl...«

»Ich hasse es, wenn man mir schmollt!«

»Dann geht doch zu Zhuoyun! Die, die lächelt mit jedermann und bei jedem Anlaß!« erwiderte Songlian und wandte sich ab. Chen Zuoqian stand auf und zog sich an.

»Na gut! Ich gehe! Ich habe ja noch drei andere Frauen, zum Glück!«

Am nächsten Morgen, da Zhuoyun in Songlians Zimmer trat, lag diese noch in ihrem Bett. Als sie Zhuoyun den Vorhang an der Eingangstür hochheben sah, durchfuhr sie ein Schauer, ohne genau zu wissen weshalb. Die Augen fest geschlossen, stellte sie sich schlafend. So setzte Zhuoyun sich an ihr Bett und streckte die Hand aus, um ihr die Stirn zu befühlen: »Aber nein, Eure Stirn ist nicht heiß! Sicherlich seid Ihr nicht krank. Ihr habt wahrscheinlich bloß schlechte Laune!«

Mit nunmehr halbgeöffneten Augen lächelte Songlian ihr zu: »Ach, Ihr seid hier!«

Während sie ihre Hand zurückzog, sagte Zhuoyun: »Beeilt Euch und steht auf! Wenn Ihr andauernd im Bett bleibt, ohne tatsächlich krank zu sein, werdet Ihr es noch wirklich!«

»Und wofür sollte ich aufstehen?« erwiderte Songlian.

»Um mir die Haare zu schneiden! Ich hätte so gerne eine Studentinnenfrisur wie Ihr. Das würde mich energischer machen, da bin ich sicher!«

Auf einem runden Hocker sitzend wartete Zhuoyun, daß Songlian zur Tat schreiten würde. Diese nahm ein altes Wäschestück, das sie Zhuoyun um die Schultern legte, und fing an, sie bedächtig zu kämmen.

»Ihr dürft es mir aber nicht übelnehmen, wenn ich Euch keine hübsche Frisur mache! Ihr habt so schönes Haar, ich finde die Vorstellung, sie abschneiden zu müssen, doch recht furchtbar.«

»Oh, es ist nicht schlimm, wenn das Ergebnis enttäuschend ausfällt«, antwortete Zhuoyun, »in meinem Alter trachtet man nicht mehr wirklich nach Schönheit!«

Songlian fuhr fort, ihr mit dem Kamm durchs Haar zu fahren, mal nach oben, mal nach unten.

»Gut, dann beginne ich...«

»Aber ja, fangt an! Weshalb habt ihr solche Angst?«

»Nun, weil es mir ungemein an Übung mangelt! Ich fürchte, Euch mit der Schere weh zu tun!« erklärte Songlian, bevor sie ihre Arbeit in Angriff nahm.

Unter dem Schnippen der Klingen fiel Zhuoyuns schwarzes und geschmeidiges Haar.

»Aber Ihr seid sehr geschickt!« bemerkte Zhuoyun.

»Macht mir keine Komplimente! Sonst beginnen meine Hände zu zittern!« antwortete Songlian.

Bei diesen Worten hörte man Zhuoyun einen durchdringenden Schrei ausstoßen: Ihr Ohr war soeben von Songlians Schere eingeschnitten worden.

Alle, die sich im Garten befanden, hatten den schrillen Schrei von Zhuoyun vernommen, und um die Ursache zu erkunden, lief Meishans gesamter Hausstand eiligst herbei. Zhuoyun hielt sich das rechte Ohr und schien Höllenqualen zu leiden; ihr Körper war von kaltem Schweiß bedeckt. Die Schere noch in der Hand, stand Songlian wie stumpfsinnig neben ihr. Ihr Gesicht war ganz blaß. Ein paar schwarze Haarsträhnen lagen über den Boden verstreut.

»Was macht Ihr da? Ihr...« Unfähig, die Tränen, die ihr bereits in den Augen standen, länger zurückzuhalten, und sich weiter das Ohr haltend, lief Zhuoyun davon, ohne ihren Satz zu beenden.

Wie vom Schlag getroffen blieb Songlian versteinert neben dem Häufchen Haare zurück. Sie ließ die Schere los, die sie noch in der Hand hielt; mit zartem metallischem Klang traf sie am Boden auf.

Meine Hand hat gezittert. Ich bin krank! sagte sie sich. Sie jagte alle Dienstboten davon, die gekommen waren, um zu sehen, was geschehen war.

»Geht fort! Statt hier herumzustehen, würdet ihr besser einen Arzt für die Zweite Herrin holen!«

Meishan, mit Feipu an der Hand, war im Zimmer geblieben. Leise lächelnd beobachtete sie Songlian. Diese vermied es jedoch, ihrem Blick zu begegnen. Sie hatte sich darangemacht, die Strähnen mit einem Weidenreisigbesen vom Boden aufzufegen, als sie Meishan plötzlich laut auflachen hörte.

»Was bringt Euch zum Lachen?«

»Ich glaube, wenn ich jemanden hassen würde, würde ich ihm auch das Ohr abschneiden, das ganze Ohr, ohne auch nur ein Stückchen stehenzulassen!« antwortete Meishan mit einem Augenzwinkern.

Songlian schaute ärgerlich drein: »Was wollt Ihr damit andeuten? Daß ich es absichtlich getan habe?«

»Oh, das weiß Gott allein!« lachte Meishan schallend auf.

Ohne Meishan weiter Beachtung zu schenken, ging Songlian sich wieder hinlegen und vergrub ihren Kopf unter der Decke. Sie hörte ihr Herz aufgeregt schlagen. Sie wußte nicht mehr, ob sie an diesem Vorfall unmittelbar schuld war oder nicht. Wie auch immer, alle Welt würde selbstverständlich glauben, daß sie unbewußt gehandelt hatte. In diesem Augenblick hörte sie Meishan durch die Decke zu ihr sagen:

»Zhuoyun wirkt so gutmütig und großzügig, doch sie hat das Herz eines Skorpions! Sie hat mehr als einen Trick in petto!« Dann fügte sie hinzu: »Ich weiß, daß ich ihr keine ebenbürtige Gegnerin bin, aber vielleicht werdet Ihr es mit ihr aufnehmen und gegen sie ankämpfen können. Daran dachte ich schon, als ich Euch das erste Mal gesehen habe.«

Songlian regte sich ein wenig unter der Decke und vernahm dann zu ihrer Überraschung, wie die Dritte Schwester sich in einen langen Monolog hineinredete:

»Möchtet Ihr wissen, was sich in jenem Jahr zugetragen hat, als wir beide, sie und ich, ein Kind erwarteten? Wir hatten fast zur selben Zeit empfangen. Als ich im dritten Schwangerschaftsmonat war, hat sie meinem Heilkräuterabsud eine Droge beifügen lassen, die dazu bestimmt war, einen Abort herbeizuführen. Aber das Schicksal war mir wohlgesinnt, ich habe keine Fehlgeburt gehabt! Später dann, als wir kurz davor standen, praktisch im selben Moment niederzukommen, hat sie noch mit allen Mitteln versucht, vor mir ihrem Kind das Leben zu schenken. Sie hat teuer bezahlt für ein Medikament ausländischer Herkunft, das angeblich die Niederkunft beschleunigen sollte, in Wahrheit aber ihr nur den Uterus zerrissen hat! Wieder einmal hatte ich mehr Glück, ich bin vor ihr niedergekommen, und zwar mit einem Jungen, Feilan! Bei ihr war es verlorene Mühe, als hätte sie Wasser mit einem Sieb geschöpft: Sie hat bloß Yirong zur Welt gebracht, nur ein gemeinsames kleines Mädchen. Und außerdem wurde es drei Stunden nach Feilan geboren!«

Der Herbst war bereits kalt. Die Frauen hatten ihre entsprechenden Gewänder hervorgeholt, und sämtliche Blätter hatten sich schlagartig, in einer einzigen Nacht von den Bäumen gelöst. Ein dicker gelber Teppich welken Laubs bedeckte nunmehr den Garten. Mehrere Dienerinnen fegten es zusammen, warfen es ins Feuer und kauerten sich dann um die Flammen. Der Geruch von Verbranntem breitete sich überall aus. Songlians Fenster öffnete sich abrupt. Die Dienstboten sahen sie rot vor Zorn erscheinen. Während sie mit einem Holzkamm auf die Fensterbrüstung klopfte, brüllte sie: »Wer hat euch aufgefordert, das Laub zu verbrennen? Es verbreitet einen unangenehmen Geruch, es ist sehr gut aufgehoben, wo es jetzt ist!«

Augenblicklich räumten die Dienerinnen ihre Besen und Körbe beiseite, doch eine von ihnen, kühner als die anderen, wandte ein:

»Es ist aber so viel! Was sollen wir damit machen, wenn wir es nicht verbrennen?«

Vom Fenster aus schmetterte Songlian ihren Kamm auf die Dienerin und schrie:

»Ich verbiete euch, es zu verbrennen, und damit Schluß!«

Worauf sie ihr Fenster zuknallte.

»Die Vierte Herrin gerät andauernd in Wut!« trugen die Dienerinnen Yuru zu. »Sie hat uns verboten, das Laub zu verbrennen. Sie hat wirklich einen sehr schlechten Charakter!«

»Laßt diese Verleumdungen, ich erlaube euch nicht, so zu reden!« schimpfte Yuru, doch in ihrem Innersten war sie zutiefst erbost:

Stets hat man das Laub aus dem Garten mehrmals im Jahr verbrannt, mit welchem Recht möchte diese Songlian uns nun mit dem alteingeführten Brauch brechen lassen?

Die Dienerinnen, die herumstanden und mit schlenkernden Armen warteten, fragten:

»Dann verbrennen wir das Laub also nicht mehr?«

»Wer hat euch das gesagt?« äußerte Yuru. »Ihr werdet mir die Freude machen und damit fortfahren, und zwar sofort! Achtet nicht auf sie, das ist alles!«

Die Dienstboten machten sich folglich wieder an ihre Arbeit. Songlian hingegen tauchte nicht mehr auf. Sie trat erst aus dem Südpavillon, als alle fortgegangen und alles Laub zu Asche verbrannt war. Sie trug noch ein Sommerkleid. Eine Dienerin wunderte sich darüber:

»Wie? Euch ist nicht kalt, bei einem solchen Wind?«

Mit verstörtem Blick starrte Songlian eine Weile in den Berg schwarzer Asche, dann wandte sie sich zum Haupthof, um zum Mittagessen zu gehen. Der untere Zipfel ihres Kleids flatterte wie ein weißer Schmetterling im kalten Wind.

Songlian setzte sich zu Tisch, begnügte sich aber damit, den anderen bei ihrer Mahlzeit zuzusehen. Ihre Stäbchen rührte sie nicht an. Mit ruhiger melancholischer Miene und eng ineinander verschränkten Armen zeigte sie sich untadelig. Gerade an jenem Tage war Chen Zuoqian außer Haus. Demnach war dies genau der passende Zeitpunkt für die Ehefrauen, ihre internen Querelen zu bereinigen.

»Weshalb eßt Ihr nicht?« fragte Feipu Songlian.

»Ich habe keinen Hunger.«

»Habt Ihr schon gegessen?«

»Man hat mich bereits mit diesem Brandgeruch reichlich verköstigt!« antwortete Songlian naserümpfend.

Von den Worten der Vierten Tante völlig irritiert, drehte sich Feipu zu seiner Mutter hin. Yuru hatte die Farbe gewechselt. Sie wandte sich an ihren Sohn:

»Iß! Mußt du dich denn um alles kümmern?« Dann erhob sie die Stimme und sagte, Songlian dabei direkt in die Augen blickend: »Vierte Schwester, ich wüßte gerne Eure Meinung dazu! Sagt mir mal, sagt mir doch mal, was man mit all dem Laub, das sich auf der Erde anhäuft, machen kann?«

»Ich habe keine Ahnung! Es ist nicht meine Aufgabe, mich um die häuslichen Arbeiten zu kümmern!«

»Jedes Jahr wird im Herbst das Laub verbrannt, und niemand hat bisher etwas daran auszusetzen gehabt!

Aber zweifellos seid Ihr empfindlicher als die anderen! In einem solchen Maße, daß Ihr nicht einmal einen leichten Brandgeruch ertragen könnt!«

»Das Laub zersetzt sich von alleine! Es sind Blätter, keine Menschen! Ich sehe nicht, weshalb man sie verbrennen müßte!«

»Was wollt Ihr damit sagen? Welch törichtes Gerede!«

»Oh, ich habe das nur so gesagt, ohne besonderen Grund! Aber es gibt Dinge, die ich nicht verstehe: Warum wurden all diese Blätter in den Hinterhof geschafft, wo es doch viel einfacher gewesen wäre, sie vor den Gemächern jener zu verbrennen, die diesen Geruch so gerne mögen?«

Yuru, die nichts Weiteres mehr dulden konnte, klopfte tobend mit ihren Stäbchen auf den Tisch:

»So seht Euch einmal in einem Spiegel an! Für wen haltet Ihr Euch, Songlian, daß Ihr Euch dermaßen schlecht behandelt glaubt? Was tut Ihr überhaupt hier?«

Songlian erhob sich, und mit gezwungenem Ausdruck heftete sie ihren Blick auf das leicht geschwollene und wächserne Gesicht der Ersten Schwester:

»Ihr habt recht! Ich bin nichts!« sagte sie sanft, als redete sie zu sich selbst, und machte dann lächelnd kehrt. Kurz bevor sie dann den Raum verließ, drehte sie sich nochmals um:

»Gott allein weiß, was Ihr seid, Ihr allesamt!«

Den ganzen Nachmittag über blieb Songlian in ihrem Zimmer eingesperrt. Sie öffnete nicht einmal die Tür, als Yan'er ihr Tee brachte. Allein an ihrem Fenster sitzend bemerkte sie, daß die Dahlien auf dem Frisiertischchen bereits völlig verwelkt, ja sogar schwarz waren. Sie nahm die Blumen aus der Vase und wollte sie wegwerfen, wußte aber nicht, wohin damit. Das Fenster war nunmehr hermetisch verschlossen, und es stand außer Frage, es zu öffnen. Songlian ging im Zimmer auf und ab, die Blumen im Arm. Nach reiflicher Überlegung öffnete sie schließlich ihren Wandschrank und legte die Blumen hinein. Draußen hatte der Herbstwind sich wieder erhoben. Diese sehr kalte Brise blies durch den Garten, der sich nach und nach verfinsterte. Songlian hörte ein Klopfen an der Tür. Im Glauben, es wäre Yan'er, die ihr nochmals Tee brächte, klopfte auch sie von innen gegen die Tür:

»Hör auf, mich zu belästigen! Ich möchte keinen Tee!«

Da rief eine Stimme von draußen:

»Ich bin es, Feipu!«

Songlian hatte nicht mit seinem Kommen gerechnet. Sie öffnete und blieb gegen die Tür gelehnt stehen:

»Was wollt Ihr hier ausrichten?«

Sich das vom Wind zerzauste Haar glattstreichend, lächelte Feipu etwas verlegen:

»Man sagt, Ihr wäret krank, ich komme, mich nach Euch zu erkundigen.«

»Wer ist krank?« seufzte Songlian. »Wenn es Zeit ist zu sterben, stirbt man besser! Krankheiten lassen einen zu sehr leiden!«

Feipu ließ sich ohne Umschweife auf dem Divan nieder. Nachdem er sich gründlich im Zimmer umgesehen hatte, sagte er unvermittelt: »Ich dachte, daß Ihr viele Bücher in Eurem Zimmer hättet!«

»Nein, ich habe nicht ein einziges«, meinte Songlian und breitete dabei die Arme aus, »ich benötige nun keine Bücher mehr.«

Noch immer stehend fuhr sie fort:

»Und Ihr, wollt Ihr mir auch eine Moralpredigt halten?«

Feipu verneinte kopfschüttelnd:

»Wie könnte ich es wagen? Diese Angelegenheit ist bedauerlich!«

»Aha, Ihr kommt, um in unserem Streit zu vermitteln? Ihr vertut Eure Zeit! Eine Frau wie ich verdient es, von jedem Beliebigen beleidigt zu werden.«

Feipu verharrte eine Weile schweigend, erklärte dann:

»Im Grunde ist meine Mutter nicht böswillig, sie hat aber einen wenig flexiblen Charakter, und sie ist von Natur aus starrköpfig! Streitet Euch nicht mit ihr! Es ist nicht der Mühe wert!«

Songlian ging im Zimmer hin und her. Plötzlich lachte sie:

»Ehrlich gesagt hatte ich auch keine Lust, mich mit der Ersten Schwester zu streiten! Das ist wahr! Ich weiß nicht, was in mich gefahren ist! Ihr müßt mich sicher lächerlich finden?«

Wieder schüttelte Feipu den Kopf, hüstelte und sagte schließlich ruhig:

»Wir sind alle gleich! Wir wissen selbst nicht, weshalb wir glücklich, traurig, wütend sind, oder aber fröhlich...«

Wie von selbst kamen sie auf die Flöte zu sprechen.

»Auch ich hatte mal eine Flöte!« sagte Songlian. »Unglücklicherweise ist sie verlorengegangen. Schade!«

»Ach, dann könnt Ihr ebenfalls Flöte spielen?« rief Feipu begeistert aus.

»Nein, kann ich nicht. Ich habe sie verloren, bevor ich noch Zeit hatte, es zu lernen!«

»Ich werde Euch einen Freund vorstellen, der Euch Stunden geben wird. Wollt Ihr? Er hat es mir nämlich beigebracht.« Songlian lächelte, ohne zu antworten. In diesem Augenblick brachte Yan'er zwei Schalen Bouillon von roten Brustbeeren und weißen Austernpilzen. Sie bediente Feipu zuerst. Songlian bemerkte:

»Seht doch, wie dieses Mädchen Euch ergeben ist! Ohne daß man es ihm befiehlt, bereitet es Euch eine Kleinigkeit zu!«

Verunsichert errötete Yan'er bis zu den Ohren. Nachdem sie die andere Schale auf dem Tisch abgestellt hatte, huschte sie sogleich davon.

»Yan'er, geh nicht fort! Der junge Herr hat dir etwas zu sagen!« rief Songlian, mit der Hand vor dem Mund schallend auflachend, ihr nach.

Feipu lachte ebenfalls. Während er die Bouillon mit einem Silberlöffel umrührte, hielt er ihr vor:

»Ihr seid zu streng mit ihr!«

»Ihr glaubt, daß sie mich in Ruhe läßt wie eine Lampe, die kein Öl verbraucht? Diese Dienerin hat einen schlechten Kern! Jedesmal, wenn ich Besuch habe, versteckt sie sich hinter der Tür, um zu lauschen. Ich frage mich, welchen üblen Streich sie wieder gegen mich ausheckt!«

Als Feipu sah, wie verärgert Songlian war, suchte er eiligst das Gesprächsthema zu wechseln:

»Schon von ganz klein auf habe ich eine besondere Vorliebe für Süßspeisen, wie zum Beispiel für diese Bouillon von Brustbeeren und weißen Pilzen. Ich schäme mich dessen ein bißchen, da all meine Freunde behaupten, daß nur die Frauen Süßes mögen.«

Noch immer melancholisch begann Songlian sich über die Fingernägel zu streicheln. Sie waren lang und schmal. Sie hatte sie mit Balsamineessenz lackiert. Man hätte sie für rosafarbene Schuppen halten können.

»Hört Ihr mir zu?« fragte Feipu.

»Ja, ja, ich höre Euch zu. Ihr sagt, daß die Frauen Süßes mögen und die Männer Salziges...«

Feipu nickte lächelnd mit dem Kopf, stand dann auf, um sich zurückzuziehen. Schon im Begriff fortzugehen, sagte er noch zu Songlian:

»Ihr seid eine faszinierende Person! Doch es gelingt mir nicht, Eure Gefühle genau zu begreifen.«

»Auch ich verstehe Eure Gefühle nicht!«

Am siebten Tag des zwölften Mondes wurden die roten Laternen an der Eingangstür des Wohnsitzes der Chens aufgehängt. An jenem Tag feierte Chen Zuoqian den großen Ehrentag seines fünfzigsten Geburtstages. Schon von Morgengrauen an herrschte im Garten ein schier endloses Hin und Her von Verwandten und Freunden, die gekommen waren, um ihre Glückwünsche zu überbringen. Chen Zuoqian, in ein schwarzes Zeremoniengewand gehüllt, begrüßte die geladenen Gäste im Empfangssaal. Yuru, Zhuoyun, Meishan, Songlian und die Kinder standen an seiner Seite, unterhielten sich über dies und jenes mit den Gästen, die kamen und gingen. Doch plötzlich, mitten im größten Trubel, hörte man ein Geräusch von zerbrechendem Glas. Alle Augen drehten sich in dieselbe Richtung und entdeckten, daß eine große, halb mannshohe Vase in tausend Stücke zerschmettert am Boden lag.

Feilan und Yirong, die sich die Zeit mit Fangen vertrieben, waren gegen den langen niedrigen Tisch gerannt, auf dem die Vase stand, und hatten sie dabei umgestoßen. Die beiden Kinder standen da, schauten sich verdattert an und waren sich wohl bewußt, daß sie ein

Drama verursacht hatten. Feilan fing sich als erster wieder und, mit dem Finger auf sie zeigend, beschuldigte er Yirong: »Sie war es, die sie umgestoßen hat! Ich kann überhaupt nichts dafür!«

Yirong reagierte sogleich, indem sie ihren Finger auf Feilans Nase richtete:

»Nein, du bist mir nachgelaufen, also warst du es, der sie heruntergeworfen hat!«

Chen Zuoqians Gesicht hatte jäh die Farbe gewechselt, doch in Anbetracht der Gäste hielt er seinen Zorn in Zaum. Yuru trat vor und murmelte bei sich, wenn auch so laut, daß es trotzdem gut hörbar war: »Welch eine verfluchte Sippschaft! Welch eine verfluchte Sippschaft!« Sie zog Feilan und Yirong hinaus, gab jedem eine Ohrfeige und lamentierte: »Eine Katastrophe!« Dann stieß sie Feilan weg und sagte noch: »Los, verschwindet!« Der Junge purzelte zu Boden und begann zu schluchzen. Sein schrilles Weinen war bis in den Empfangssaal zu hören. Meishan kam als erste heraus, nahm Feilan in die Arme und sagte, während sie Yuru aus den Augenwinkeln ansah:

»Seid Ihr jetzt zufrieden, he? Ihr konntet ihn noch nie leiden! Weshalb solltet Ihr Euch auch zurückhalten, wo Ihr einmal die Gelegenheit hattet, ihn zu schlagen?«

»Was wollt Ihr damit andeuten? Euer Kind hat soeben eine Katastrophe verursacht, und statt ihm eine Strafpredigt zu halten, verteidigt Ihr es noch?«

»Hier, ich übergebe ihn Euch, züchtigt ihn doch!« sagte Meishan, während sie Feilan Yuru vor die Füße stieß. »Schlagt ihn! Schlagt ihn tot! Das wird Euch Erleichterung verschaffen!«

Zhuoyun und Songlian waren nun ihrerseits hinzugeeilt. Zhuoyun zog Yirong an sich und gab ihr eine schallende Ohrfeige: »Nun, meine Kleine, wirst du nie aufhören, mir Unannehmlichkeiten zu bereiten... Sag einmal, wer hat denn nun tatsächlich die Vase heruntergeworfen?«

Yirong brach in Tränen aus:

»Ich war es nicht! Ich habe es doch schon gesagt, es war Feilan, der gegen den Tisch gerannt ist!«

»Hör auf zu weinen! Warum weinst du, da du es ja nicht warst? Ihr habt den Festtag unsres Herrn gründlich verdorben!«

Meishan kicherte:

»Sag mal, drittes junges Fräulein, wie kannst du nur so lügen, ohne mit der Wimper zu zucken, in deinem Alter? Ich stand daneben und habe alles gesehen! Es war dein Arm, der die Vase zu Fall gebracht hat!«

Den drei anderen Frauen stockte der Atem. Nur Feilan fuhr fort, lauthals zu weinen. Songlian, die sich die Szene eine Weile angesehen hatte, griff ein:

»Das alles ist doch nichts! Es war bloß eine einfache Vase! Sie ist zerbrochen, zerbrochen und damit Schluß! Was kann das schon machen?«

Yuru warf ihr einen verächtlichen Blick zu:

»Ihr redet wirklich leichtfertig von dieser Vase! Der Herr begehrt stets nur luxuriöse Dinge. Mit solch abgestumpften Leuten wie Euch würde das blühende Haus Chen schon bald verfallen, falls es in Euren Händen wäre!«

»Ach, so ist das!« erwiderte Songlian. »Dann bin ich jetzt an allem schuld! Nun gut, sagen wir eben, ich hätte wieder einmal nur Albernheiten dahergeredet! Auf jeden Fall werde ich mich nicht mehr in Eure Angelegenheiten mischen!«

Worauf sie auf dem Absatz kehrtmachte und die Stelle eiligst verließ. Während sie auf den Hintergarten zuging, begegnete ihr unterwegs Feipu mit einer Gruppe von Freunden.

»Wie das? Ihr geht schon?« wunderte sich Feipu.

»Ich habe Kopfschmerzen«, antwortete Songlian und rieb sich dabei die Stirn, »von solch einem Trubel bekomme ich immer Migräne!«

Und sie hatte wirklich Kopfschmerzen. Sie wollte Wasser trinken, doch die Flasche war völlig leer. Yan'er war fort, um im Empfangssaal zu helfen. Sie hatte sich den Vorwand zunutze gemacht und ihre hiesige Arbeit im Stich gelassen. »Welch eine nichtsnutzige Person!« grummelte Songlian vor sich hin. So zündete sie eigenhändig das Feuer an, um sich Wasser zu kochen. Seit ihrer Ankunft im Hause Chen war es das erste Mal, daß sie dieser Art häuslicher Verrichtung nachging. Sie war ein wenig ungeschickt. Nachdem sie eine Zeitlang in der Küche gestanden hatte, ging sie zur Tür und bewunderte den Hintergarten, über dem in diesem Augenblick eine absolute Stille lag. Jedermann war beim Fest, und der Eindruck von Trostlosigkeit, der draußen herrschte, durchdrang auch Songlians Herz, wie jene Wassertropfen, die von den Ästen und den wenigen Blättern, die noch an den Bäumen hingen, herabfielen. Wieder einmal richtete sie ihren Blick auf die welke Glyzinie, die ihr endloses und trauriges Klagelied in den Wind sandte, und auf den Brunnen, der sie insgeheim stets anzuziehen schien. Sie legte die Hand auf ihr Herz, glaubte sie doch inmitten dieses Nichts irgendeinen bedeutsamen Ton vernommen zu haben.

Songlian ging auf den Brunnen zu. Ihr Körper war von einer nie dagewesenen Leichtigkeit, als schritte sie in einem Traum. Ein leichter Duft von modernden Pflanzen erfüllte die Luft. Songlian hatte ein Glyzinienblatt vom Boden aufgehoben, untersuchte es aufmerksam und warf es dann in den Brunnen. Sie sah zu, wie das Blatt gleich einem Kleinod auf der Oberfläche des dunkelblau ruhenden Wassers schwamm und einen Teil ihres Spiegelbilds verbarg. Songlian gelang es nicht, ihre Augen zu erspähen. Sie ging um den Brunnen herum, ohne einen Winkel zu finden, der ihr erlaubt hätte, sich zu sehen. Dies machte sie stutzig: Wie kommt es, daß ein simples Glyzinienblatt mich in meinem Blick behindern kann, dachte sie. Die Strahlen der Mittagssonne fielen nun in den nicht mehr genutzten Brunnen und verwandelten sich wie von Zauberhand in weiße Blitze. Songlian wurde unversehens von einer fürchterlichen Vision ergriffen: Eine Hand, da war eine Hand, die das Glyzinienblatt hochhielt. In diesen unwirklichen Moment versunken, schien es ihr, tatsächlich eine fahle und tropfende Hand aus den unergründlichen Tiefen des Brunnens emporsteigen zu sehen, um ihr die Sicht zu versperren. Songlian stieß einen Entsetzensschrei aus: »Die Hand! Die Hand!« Sie wollte kehrtmachen und fliehen, doch ihr ganzer Körper schien am Brunnenrand festgeschmiedet zu sein. Unmöglich, sich loszureißen! Songlian hatte den Eindruck, eine vom Wind geknickte Blume zu sein. Kraftlos beugte sie sich vor und starrte auf den Grund des Brunnens. Im Verlauf eines weiteren halluzinatorischen Schwindelanfalls sah sie das Wasser des Brunnens dröhnend anschlagen, und eine undeutliche und ferne Stimme tönte ihr in den Ohren:

»Komm herunter, Songlian! Komm herunter, Songlian!«

Als Zhuoyun Songlian abholen wollte, saß diese allein vor ihrer Tür, unter der Galerie. In ihren Armen hielt sie den Perserkater, den Meishan aufzog:

»Was macht Ihr da? Das Mittagsbankett hat angefangen!«

»Mir ist schwindlig«, erklärte Songlian, »ich habe wirklich keine Lust hinzugehen!«

»Wie das? Ihr müßt hin, selbst wenn Ihr krank seid!« beharrte Zhuoyun. »Die Regeln des Anstands müssen respektiert werden! Der Herr hat schon mehrmals befohlen, daß man Euch holen solle...«

»Ich habe wirklich gar keine Lust hinzugehen! Der Schmerz ist unerträglich. Laßt mich doch eine Weile in Ruhe!«

»Ist es, weil Ihr Euch mit Yuru gestritten habt?« fragte Zhuoyun lächelnd.

»Aber nein, ich habe nicht genügend Energie, um mich mit wem auch immer zu zerstreiten!«

Songlians Gesicht verriet ihre Ungeduld. Sie warf den Kater auf den Boden und sagte:

»Ich würde gerne ein wenig schlafen!«

»Nun denn, dann geht schlafen!« antwortete Zhuoyun, ohne ihr Lächeln zu verlieren. »Ich kehre nur schnell zurück und melde es dem Herrn.«

An jenem Tag schlief Songlian in einem bedenklichen Seelenzustand ein. Im Schlaf erschienen ihr wieder der

Brunnen und das Glyzinienblatt. Sie war von Kopf bis Fuß in kaltem Schweiß gebadet. Wer wußte, was dieser Brunnen wirklich war? Und dieses Glyzinienblatt? Und sie selbst, Songlian, wer war sie? Schließlich stand sie dann völlig apathisch auf und machte vor dem Spiegel ihre Toilette. Sie bemerkte, daß ihr eigenes Gesicht dasselbe Aussehen wie dieses zerknitterte und leblose Glyzinienblatt hatte. Die junge Frau, deren Gesicht ihr der Spiegel zurückwarf, schien ihr fremd. Sie mochte diese Sorte von Frauen nicht. Sie seufzte tief, dann entsann sie sich plötzlich Chen Zuoqians und seines Geburtstagsfestes. Sie fand ihr Verhalten tadelnswert und hielt sich innerlich vor: Wie konnte ich bloß so schlechte Laune zeigen? Sie wußte nur zu gut, daß ihr Benehmen ihr nichts als Unannehmlichkeiten einbringen konnte, und sah schon einigen Verdruß voraus. Und so sputete sie sich, die Tür ihres Wandschranks zu öffnen und einen grauen Wollschal hervorzuholen. Es war das Geschenk, das sie lange im voraus für Chen Zuoqians Geburtstag vorbereitet hatte.

Das Abendbankett war den Angehörigen der Familie Chen vorbehalten. Als Songlian in den Speisesaal trat, hatten alle schon Platz genommen. Sie haben angefangen, ohne auf mich zu warten, dachte sie, während sie an ihren Platz ging. Feipu, der ihr gegenüber saß, begrüßte sie: »Geht es Euch besser?« Songlian bejahte mit einem Kopfnicken. Insgeheim musterte sie den Gesichtsausdruck des Herrn. Er war bleich vor Zorn. Songlian spürte ihr Herz wie unsinnig pochen. Sie ging zu ihm hin und überreichte ihm den Wollschal:

»Herr! Hier nun mein bescheidenes Geschenk zu Eurem Geburtstag.«

»Hm!« Chen Zuoqian beschränkte sich darauf, mit einem Brummen zu antworten, und wies dann in einer Handbewegung auf den runden, an der Seite stehenden Tisch: »Leg es da hin!«

Songlian trat mit ihrem Schal näher und entdeckte dort den Stapel der von den anderen Mitgliedern des Hauses überreichten Geschenke: ein goldener Ring, ein Fuchspelzmantel, eine Schweizer Uhr ... Alle waren mit rotem Satinband verschnürt. Erneut stockte Songlians Herz. Sie merkte, wie sie errötete. Als sie wieder an ihren Platz ging, vernahm sie Yurus hinter vorgehaltener Hand geäußerte Krittelei:

»Wie kann man bloß nicht wissen, daß es sich gehört, ein Geburtstagsgeschenk mit einem roten Satinband zusammenzubinden?«

Songlian täuschte vor, es nicht gehört zu haben. Sie fand die schikanöse Geisteshaltung der Ersten Schwester wirklich widerwärtig, doch sie wußte, daß sie Chen Zuoqian, da sie den ganzen Tag über ferngeblieben war, bereits gehörig gereizt hatte. Und dies war das einzige, was sie nicht zu tun wünschte. Mit all ihren Kräften suchte sie nach einer Möglichkeit, dem entgegenzutreten. Sie mußte aller Welt zeigen, welch besonderen Platz sie im Herzen des Herrn einnahm. Sie konnte doch nicht einfach so dasitzen und den Eindruck vermitteln, niedrigstehender zu sein. Daher lächelte Songlian mit einem Mal Chen Zuoqian gewinnend an und sagte:

»Herr, das ist heute ein glücklicher Tag für Euch. Ich habe kaum Ersparnisse. So konnte ich Euch weder einen goldenen Ring noch einen Fuchspelzmantel schenken. Doch ich würde es gerne mit einem anderen Geschenk ergänzen...« Worauf sie aufstand und sich zu Chen Zuoqian begab, ihn dann beim Arm nahm, ihn küßte, erst einmal, dann ein zweites Mal. Jedermann bei Tisch wartete verblüfft auf die Reaktion des Herrn. Dieser war purpurrot. Er schien etwas sagen zu wollen, ohne sich ausdrücken zu können. Schließlich stieß er Songlian mit der Hand zurück und schnaubte mit strenger Stimme:

»Na, na! Ein wenig Zurückhaltung in der Öffentlichkeit!«

Chen Zuoqians Geste konnte noch so natürlich gewesen sein, Songlian jedenfalls war nicht auf sie gefaßt gewesen. Sie rührte sich nicht vom Fleck, völlig benommen starrte sie Chen Zuoqian unbeweglich an, die Augen vor Angst und Bestürzung weit aufgerissen. Nach einer ganzen Weile wurde sie sich bewußt, was geschehen war.

Sie versteckte ihr Gesicht in ihren Händen, um die kullernden Tränen zu verbergen, und ging hinaus. Ihr Schluchzen erinnerte an zerreißende Seide. Die zu Tisch sitzenden Leute hörten Songlian noch wiederholen:

»Was habe ich denn Schlechtes getan? Was habe ich denn schon wieder Schlechtes getan?«

Die Dienerinnen, die sich nebenan aufhielten, waren ebenfalls Zeugen des Vorfalls gewesen, und sie hatten sofort begriffen, daß dies den entscheidenden Wendepunkt für Songlians Leben im Hause Chen bedeuten sollte. Bei Einbruch der Nacht gingen zwei von ihnen zur Eingangstür, um die eigens zu diesem Geburtstag aufgehängten roten Laternen herunterzuholen.

»Was meinst du, zu wem wird der Herr diese Nacht gehen?«

Die andere überlegte eine Zeitlang, bevor sie antwortete:

»Ich weiß es nicht! Das wird von seiner Laune abhängen! Wer könnte es erraten?«

Die beiden Frauen saßen einander gegenüber – Meishan und Songlian. Meishan war mit Sorgfalt geschminkt. Sie hatte sich Augenbrauen gemalt und Lippenrot der Marke »Belle« aufgetragen. Ein luxuriöser Pelzmantel lag auf ihren Knien. Songlian hingegen bot den nachlässigen Anblick einer Frau, die beim Sprung aus dem Bett überrascht worden war. Eine Zigarette zwischen den Fingern und mit leeren Augen rauchte sie bedächtig. Das Befremdlichste war jedoch, daß keine der beiden Frauen sprach. Sie lauschten bloß dem Pendel der an der Wand hängenden Uhr. Jede hatte ihre eigenen Gründe zur Sorge. Man hätte meinen können, zwei Bäume stünden sich unbeweglich gegenüber.

»Ich habe bemerkt, daß Ihr in den letzten Tagen schlechter Laune wart«, stellte Meishan fest. »Könntet Ihr womöglich unwohl sein?«

»Ich sehe den Zusammenhang nicht! Auf jeden Fall sind meine Zyklen sehr unregelmäßig, und ich weiß nie genau, wann es beginnt noch wann es aufhört.«

»Ihr könnt eine noch so intelligente Frau sein, in diesem Punkt seid Ihr zu unaufmerksam. Falls Ihr diesen

Monat noch nichts gehabt habt, dann seid Ihr vielleicht schwanger, oder?«

»Nein, nein! Das ist unmöglich!«

»Ja warum denn? Ich jedenfalls bin vom Gegenteil überzeugt! Chen Zuoqian ist so begabt, um Kinder zu machen. Ihr solltet Euch am Abend etwas unters Kreuz legen! Es stimmt wirklich, ich versuche nicht, Euch zu hintergehen!«

»Meishan! Ihr redet wirklich ohne die geringste Zurückhaltung!«

»Und weshalb sollte man denn nicht über diese Dinge sprechen? Was gibt es da zu verbergen? Wenn Ihr der Familie Chen keinen Sohn schenkt, dann werdet Ihr schwierige Zeiten erleben. Für Frauen wie uns ist das immer so!«

»In letzter Zeit ist Chen Zuoqian mich niemals besuchen gekommen. Er macht es ganz nach eigenem Gutdünken, und das läßt mich gleichgültig.«

»Euch fehlt es wirklich an Erfahrung! Ich, ich habe ihm rundheraus gesagt, daß ich mich anderweitig umschauen werde, wenn er länger als fünf Tage nicht zu mir kommt! Ich fühle mich nicht im mindesten berufen, die Witwe eines lebenden Mannes zu sein! Mit mir nämlich hat er die größte Mühe. Er fürchtet mich, er haßt mich, doch er hat auch Lust auf mich. Ich fürchte ihn wirklich nicht!«

»Diese Dinge langweilen mich und sind mir einerlei.

Es gelingt mir nur einfach nicht zu verstehen, was eine Frau ist, worin sie zählt. Sie gleicht dem Hund, der Katze, dem Goldfisch, der Maus... Sie gleicht allem, nur einem menschlichen Wesen nicht!«

»Trachtet nicht immer danach, Euch in ein schlechtes Licht zu stellen! Und macht Euch keine Sorgen, kalt gegenüber Chen Zuoqian zu sein! Er wird Euch wieder besuchen kommen. Ihr seid jünger als wir, Ihr seid schöner, und Ihr seid kultivierter. Er wäre wirklich blöde, wenn er Euch aufgeben würde, um zu Yuru oder Zhuoyun zu gehen. Die, die stehen kurz davor, eine Taille so dick wie eine Tonne zu haben! Gut, Ihr habt ihn in aller Öffentlichkeit geküßt, und wenn schon!«

»Ihr langweilt mich mit diesen Geschichten! Das war es nicht, was ich sagen wollte. Ich sprach bloß von mir.«

»Grübelt doch nicht immer wieder über diese Sache nach! Es ist nichts! Er hat vorgegeben, ein Mann von großer Seriosität zu sein, aber hätte sich das alles im Bett abgespielt, dann wäre er entzückt gewesen, daß Ihr ihn küßt, aufs Gesicht, natürlich, und selbst anderswohin, wenn Ihr versteht, was ich sagen will!«

»Eure Worte sind völlig deplaziert!«

»Gut, einverstanden, dann kommt doch mit mir ins Theater der Rose! Chen Yanqui spielt dort zur Zeit in *Tränen in den wilden Bergen*. Was meint Ihr dazu? Das wird Euch vielleicht auf andere Gedanken bringen!«

»Nein, ich habe keine Lust auszugehen. In der geistigen Verfassung, in der ich bin, habe ich zu nichts Lust. Mich auf andere Gedanken bringen, wozu?«

»Dann wollt Ihr mich nicht begleiten? Obwohl ich Euch Gesellschaft geleistet habe und wir recht lange miteinander geschwatzt haben!«

»Welches Interesse könntet Ihr an meiner Gesellschaft haben? Geht doch lieber Chen Zuoqian bitten, Euch dorthin zu begleiten! Und falls er nicht frei ist, geht doch diesen Arzt holen!«

Meishan zeigte einen Anflug von Verblüffung, und ihre Miene verfinsterte sich augenblicklich. Sie griff nach ihrem Pelzmantel und ihrem Schal und erhob sich. Sie kam ganz dicht an Songlian heran und schaute ihr mit herausfordernder Mimik tief in die Augen. Mit der Hand fegte sie die Zigarette, die Songlian im Mund behielt, zu Boden und zertrat sie mit dem Fuß.

»Ich spaße nicht!« sagte Meishan mit furchtbarer Stimme.

»Wenn Ihr diese Eseleien irgend jemandem um uns herum erzählen solltet, entstelle ich Euch das Gesicht! Ich fürchte Euch nicht, Euch und all die anderen! Ich fürchte niemanden! Falls Ihr Euch vorstellt, Ihr könntet mir weh tun, dann wiegt Ihr Euch in Illusionen!«

Tatsächlich brachte Feipu einen Freund mit, den er Songlian als ihren zukünftigen Flötenlehrer vorstellte. Paradoxerweise zeigte Songlian sich völlig überrascht, da sie den von ihm gemachten Vorschlag, Flöte spielen zu lernen, nicht wirklich ernst genommen hatte.

Aufmerksam musterte sie diesen Lehrer: Es handelte sich um einen jungen Mann mit Bürstenfrisur und einer weißen, reinen Haut. Er glich ein wenig einem Studenten und war doch anders als jene. Jede seiner Gesten war von einer gewissen Zurückhaltung geprägt. Songlian erfuhr seine Herkunft: Er war wahrhaftig der dritte Sohn der Familie Gu, des örtlichen Seidenmagnaten. Von ihrem Fenster aus hatte Songlian die beiden Hand in Hand näher kommen sehen. Und sie dachte, daß zwei Männer, die sich beim Gehen auf diese Weise anfaßten, ein zumindest befremdliches Verhalten an den Tag legten.

»Wie man es Euch doch ansieht, daß Ihr Euch sehr mögt!« scherzte sie und lächelte dabei mit zusammengekniffenen Lippen. »Ich hatte noch nie zuvor zwei Männer Hand in Hand gehen sehen!«

»Wir kennen uns seit frühester Kindheit«, antwortete Feipu etwas verlegen. »Wir sind gemeinsam zur Schule gegangen!«

Nochmals besah sich Songlian den jungen Herrn der Familie Gu. Sein Gesicht war rot vor Scham.

Dieser Lehrer ist interessant! dachte Songlian. Ich kenne diese Art von Männern, die wegen allem und nichts rot werden, nicht besonders gut. Dann fügte sie hinzu:

»Ich für meinen Teil habe noch nie eine richtige Freundin gehabt.«

»Daran ist nichts Überraschendes! Ihr wirkt so einsiedlerisch und stolz. An Euch heranzukommen dürfte nicht sehr leicht sein!«

»Ihr beschuldigt mich zu Unrecht! Gewiß bin ich einsiedlerisch, aber stolz bin ich nicht. Um stolz zu sein, muß man besondere Fähigkeiten haben. Auf welche Begabung könnte ich stolz sein?«

Aus einem Seidenetui zog Feipu die Flöte heraus:

»Ich schenke sie Euch! Ich markiere hier den Freigebigen, aber eigentlich hat man sie mir gegeben; es ist ein Geschenk des jungen Herrn Gu.«

Während sie das Instrument an sich nahm, warf Songlian dem jungen Herrn einen Blick zu. Zum Zeichen seines Einverständnisses nickte dieser mit dem Kopf und lächelte. Songlian setzte die Flöte an die Lippen und spielte einen zufälligen Ton an. »Ich fürchte, zu töricht zu sein, um es ordentlich zu lernen!«

»Aber nein, Flöte spielen ist ganz einfach«, antwortete der junge Herr Gu, »es genügt, sein Herz hineinzulegen. Ich bin überzeugt, daß Ihr es schaffen werdet!«

»Ich befürchte, es an Fleiß fehlen zu lassen. Meine Aufmerksamkeit zerstreut sich wie Sand, es ist oft schwierig, sie beisammenzuhalten!«

Der junge Herr lächelte erneut:

»In diesem Fall wird es wahrhaftig schwierig werden, denn ich kann mich bloß um die Art und Weise, wie Ihr Flöte spielt, kümmern, aber ich kann mich nicht um Eure Aufmerksamkeit kümmern.«

Feipu setzte sich, warf erst Songlian, dann dem jungen Herrn Gu einen flüchtigen Blick zu. In seinen Augen leuchtete jene Sanftheit, die ihm eigen war.

»Eine Flöte besitzt sieben Löcher. Jeder Ton entspricht einem Klang der Stimmungen. Wenn man diese aufeinanderfolgen läßt, ist das Ergebnis außergewöhnlich schön und außergewöhnlich traurig. Der Flötenspieler ist demnach gehalten, diese beiden Sinneseindrücke zu kennen«, erläuterte der junge Herr Gu, wobei er Songlian mit großer Reserviertheit ansah.

»Empfindet Ihr sie?«

»Ich fürchte nur die letzte zu kennen!« antwortete Songlian nach einigem Nachdenken.

»Es ist schon gut, eine zu empfinden. Die Traurigkeit ist eine wichtige Gemütsstimmung. Das Schlimmste, das ist die Leere. Ich befürchtete ein wenig, daß nichts in Eurem Herzen wäre. In diesem Fall wäre es Euch unmöglich gewesen, gut Flöte spielen zu lernen.«

»Wenn der junge Herr Gu uns doch zuerst eine Weise vorspielen möchte, das würde mir die Möglichkeit geben, ein wenig zu lauschen, was in diesem Instrument steckt!«

Der junge Herr Gu verweigerte sich dem nicht. Er setzte die Flöte an die Lippen und begann zu spielen. So vernahm Songlian der Flöte magischen und zarten, der Herzensergießung und dem Weinen ähnlichen Ton. Auf dem Divan sitzend schloß Feipu die Augen:

»Das ist *Der Gesang des Herbstgrolls!*«

Die Dienerin von Yuru, Fuzi, klopfte genau in diesem Moment ans Fenster. Mit ihrer schrillen Stimme rief sie nach Feipu:

»Großer junger Herr, die gnädige Herrin bittet Euch, Euch in den Empfangssaal zu begeben, um einen Besucher zu begrüßen!«

»Wer ist es?«

»Ich weiß es nicht, aber die gnädige Herrin möchte, daß Ihr sofort hingeht.«

»Sagt dem Besucher, er soll hierherkommen, wenn er mich sehen will!« erwiderte Feipu stirnrunzelnd.

»Die gnädige Herrin hat nachdrücklich darauf bestanden, daß Ihr Euch selbst hinbemüht. Wenn Ihr Euch weigert, wird sie mir die Schuld zuschreiben!« schrie Fuzi, indem sie weiterhin ans Fenster klopfte.

»Welch eine Plage!« schimpfte Feipu vor sich hin.

Wohl oder übel erhob er sich und fluchte abermals:

»Ein Besucher! Er soll sich zum Teufel scheren!«

Der junge Herr Gu, die Flöte noch in der Hand, beobachtete Feipu. Zögernd fragte er:

»Eh, sollen wir denn mit der Flötenstunde fortfahren?«

»Ja, macht weiter!« antwortete Feipu heftig abwinkend. »Ihr, Ihr bleibt hier! Ich will nur nachsehen, um was es denn geht.«

Allein gelassen blieben Songlian und der junge Herr Gu im Zimmer sitzen, ohne recht zu wissen, was sie sich im Augenblick sagen sollten. Plötzlich rief Songlian aus:

»Albernheiten!«

»Von wem redet Ihr?« fragte der junge Herr Gu überrascht.

»Nicht von Euch!« stellte Songlian klar, als schien sie sich wieder zu fassen. »Ich sprach von Ihr. Ihr könnt es nicht verstehen...«

Der Lehrer machte nun einen recht verlegenen Eindruck. Songlian bemerkte, daß sein Gesicht sich erneut purpurrot zu verfärben begann. Im Grunde fand sie dies äußerst amüsant: Unter den jungen Herren der großen Familien gibt es demnach einige, die schamhaft sind. Leicht vor Scham zu erröten ist für einen Mann trotz alledem von Vorteil!

So betrachtete sie den jungen Herrn Gu mit einem Blick voller Mitgefühl:

»Spielt doch weiter! Es ist noch nicht zu Ende, oder?«

Mit gesenktem Kopf blickte der junge Mann einen Augenblick die Flöte an, die er in den Händen hielt, und verstaute sie schließlich in dem schwarzen Seidenfutteral. Dann sagte er mit leiser Stimme:

»Es ist vorbei! Von nun an nehme ich die Gemütsstimmung nicht mehr wahr. Und außerdem ist die Weise zu Ende! Damit eine Melodie schön klingt, muß sie mit Eifer gespielt werden. Versteht Ihr? Wenn Feipu fort ist, kann ich nicht mehr gut Flöte spielen!«

Sehr bald erhob sich der junge Herr Gu, um sich zurückzuziehen. Songlian begleitete ihn in den Garten. Mit einem Mal empfand sie ihm gegenüber ein Gefühl der Dankbarkeit, doch es hätte sich für sie nicht geschickt, dies auszudrücken. Folglich hielt sie inne und beugte, die Hände vor ihrer Brust gefaltet, leicht die Knie, um ihm zehntausendfaches Glück zu wünschen.

»Und wann steht die nächste Flötenstunde an?« fragte der junge Herr Gu.

»Ich weiß nicht!« antwortete Songlian kopfschüttelnd.

»Wir werden es davon abhängig machen, was Feipu organisiert haben wird!« sagte er nach einigem Nachdenken, fügte dann hinzu: »Feipu hat eine sehr hohe Meinung von Euch. Seinen Freunden rühmt er häufig Eure Verdienste.«

»Es hilft nichts, daß er mich schätzt! In dieser Welt kann ich auf niemanden zählen...«, seufzte Songlian.

Sie war soeben in ihr Zimmer zurückgekehrt, als Zhuoyun wie der Wind ins Zimmer trat:

»Feipu und die Erste Schwester streiten sich!«

Songlian zeigte erst keinerlei Reaktion, kicherte dann aber: »Also hatte ich richtig vermutet!«

»Greift doch ein!«

»In welcher Eigenschaft könnte ich denn eingreifen? Wie sähe ich denn aus, wenn ich mich in einen Streit zwischen Mutter und Sohn einmischen würde. Sie mögen ihre Meinungsverschiedenheiten alleine regeln!«

»Als ob Ihr nicht wüßtet, daß Ihr der Gegenstand ihrer Streitigkeiten seid!«

»Und wenn schon! Dann habe ich erst recht allen Grund! Das Wasser des Brunnens hat nichts mit dem Wasser des Flusses zu schaffen. Weshalb wollt Ihr mich in ihre Angelegenheiten verwickeln?«

»Spielt nicht den Unschuldsengel!« sagte Zhuoyun und schaute Songlian dabei aus den Augenwinkeln an. »Ihr wißt ganz genau, weshalb sie sich streiten!«

Songlian konnte sich nicht zurückhalten, die Stimme zu heben:

»Ich weiß gar nichts! Doch, ich weiß, daß sie es nicht ertragen kann, wenn man mir Gutes will! Für wen hält sie mich eigentlich? Als ob es zudem noch etwas zwischen ihrem Sohn und mir geben könnte!«

Songlians Augen füllten sich mit Tränen, je länger sie sprach:

»Das ist jämmerlich! Widerwärtig! Wie kann man bloß dermaßen schäbig sein?«

Zhuoyun, die Wassermelonenkerne knabberte, stopfte die leeren Schalen in Yan'ers dienstbare Hand, gab Songlian dann lächelnd einen kleinen Klaps:

»Ereifert Euch nicht! Wie das Sprichwort sagt: ›Der Aufrechte sorgt sich nicht, daß sein Schatten schief sei, und der Unbescholtene fürchtet nicht, daß der Teufel an seine Tür klopfen könnte.‹«

»Wenn man Euch so reden hört, könnte man wirklich meinen, daß ich vor irgend etwas Angst hätte! Falls es Euch so wichtig ist, sie zu beruhigen, dann geht doch selbst hin! Ich, ich werde mich nicht rühren!«

»Songlian, Ihr habt ein hartes Herz! Dessen werde ich mir heute bewußt!«

»Was für ein Kompliment! Ihr erweist mir zuviel Ehre! Man kann das Herz der Leute leider nicht herausreißen, um es zu prüfen, doch der, der ein hartes Herz hat, sieht in sich selbst klar.«

Am nächsten Tag begegnete Songlian Feipu im Garten. Mit einem Feuerzeug spielend ging er schlendernd seines Wegs. Er täuschte vor, sie nicht zu sehen, doch Songlian sprach ihn absichtlich mit lauter Stimme an. Sie unterhielt sich mit dem ersten jungen Herrn, als ob nichts geschehen wäre.

Vor ihm stehend fragte sie ihn:

»Wer war der gestrige Besucher? Er hat mir die Flötenstunde verdorben!«

»Tut nicht so naiv!« antwortete Feipu mit einem bitteren Lächeln. »Im ganzen Haus ist heute doch nur die Rede von dem gestrigen Streit zwischen meiner Mutter und mir!«

»Weshalb habt Ihr Euch gezankt?«

Feipu schüttelte den Kopf, machte sich einen Spaß daraus, sein Feuerzeug anzuzünden und wieder auszumachen, schaute sich dann rasch nach allen Seiten um, bevor er ihr anvertraute:

»Sobald ich etwas länger zu Hause bleibe, langweile ich mich und bekomme Lust zu fliehen. Am wohlsten fühle ich mich nämlich wieder außerhalb dieser Mauern! Frei und glücklich zugleich!«

»Ich verstehe! Nach all diesem Spektakel habt Ihr schließlich Angst vor ihr bekommen!«

»Sie ist es nicht, die ich fürchte! Es sind die Verdrießlichkeiten! Und ich fürchte auch die Frauen. Die Frauen sind wirklich schrecklich.«

»Ihr habt Angst vor Frauen? Aber wie kommt es dann, daß Ihr vor mir keine Angst habt?«

»Auch Euch fürchte ich ein wenig, jedoch viel weniger! Ihr seid nicht wie die anderen. Das ist auch der Grund, weshalb ich Euch gerne besuchen komme.«

Im nachhinein sollte Songlian sich häufig an Feipus ohne irgendeinen Hintergedanken ausgesprochenen Satz zurückerinnern: »Ihr seid nicht wie die anderen!« Es war ihr damals ein kleiner Trost, der ihr allerdings das Herz erwärmt hatte wie die diffusen Strahlen der winterlichen Sonne.

Nach diesem Zwischenfall wurden Feipus Besuche im Pavillon von Songlian viel seltener. Auch schien er bei seinen Geschäften auf irgendwelche Schwierigkeiten zu stoßen, und stets trug er einen finsteren und melancholischen Gesichtsausdruck zur Schau. Songlian konnte ihn nur bei den Mahlzeiten sehen. Manchmal schwebte ihr jenes Bild der sich unter dem Mah-Jongg-Tisch umschlingenden Beine Meishans und des Arztes vor den Augen, und sie konnte sich nicht verkneifen, ihre Blicke unter den Tisch zu richten. Sie betrachtete ihre Beine. Würde sie den Mut aufbringen, sie bis dort hinten auszustrecken? Während sie daran dachte, spürte sie, wie ihr Herz vor Angst und Erregung in Verwirrung geriet.

Eines Tages platzte Feipu plötzlich bei ihr herein. Er blieb im Zimmer stehen, rieb sich die Hände und starrte seine Füße an. So verharrte er eine ganze Weile, ohne ein Wort zu sagen. Songlian sah ihn an und prustete dann vor Lachen:

»Was heckt Ihr Übles aus? Warum sagt Ihr nichts?«

»Ich werde auf Reisen gehen.«

»Kommt das nicht öfter vor?«

»Dieses Mal reise ich in die Provinz Yünnan, wegen eines Geschäfts mit Tabakblättern.«

»Ja und? Solange es nicht um Opiumhandel geht!«

»Gestern hat ein Mönch mir die Zukunft vorausgesagt. Seiner Meinung nach wird diese Reise mir bei weitem mehr Verdruß als Freude bringen. Für gewöhnlich glaube ich nie an solche Prophezeiungen, doch dieses Mal ist es anders, ich schenke dem Ganzen ziemlichen Glauben.«

»Reist nicht ab, wenn Ihr daran glaubt! Wie ich gehört habe, sind die Straßenräuber in diesem Gebiet besonders zahlreich und wild. Sie zerschneiden die Leute in Stücke, um ihr Fleisch aufzuessen.«

»Ich kann nicht anders, ich muß hinreisen! Zuerst einmal, weil ich wirklich Lust habe, das Haus zu verlassen, und außerdem, weil wir Geldeinnahmen benötigen! Wenn niemand die Mühle zum Mahlen bringt, wird der Speicher bald leer sein! Mein Vater versteht diese Dinge nicht so ganz. Wenn ich mich nicht darum kümmere, wer wird es an meiner Stelle tun?«

»Ihr habt recht! Also, reist hin! Es schickt sich nicht für einen Mann, den ganzen Tag lang in seinem Familienkokon eingeschlossen zu bleiben.«

Sich am Kopf kratzend hüllte Feipu sich eine Weile in Schweigen und fragte schließlich offen heraus:

»Und falls ich nicht mehr zurückkehren sollte, würdet Ihr dann weinen?«

Songlian beeilte sich, ihm mit ihrer Hand den Mund zuzuhalten:

»Psst! Zieht das Unglück nicht auf Euch!«

Feipu ergriff Songlians Hand und musterte sie von allen Seiten.

»Warum ist es nur so, daß ich die Linien der Hand nicht zu lesen weiß? Ich verstehe nichts! Vielleicht habt Ihr ja ein Schicksal voller Verheißungen, und doch ist für den Augenblick noch alles in Euch verborgen?«

»Keine Unbedachtheiten!« sagte Songlian, indem sie ihre Hand zurückzog. »Wenn Yan'er uns sähe, würde sie nicht zögern, Übles nachzureden, sie ist eine giftige Lästerzunge!«

»Die soll es wagen, und ich schneide sie ihr ab, um eine Suppe daraus zuzubereiten!«

Unter der Galerie nahm Songlian von ihm Abschied. Sie bemerkte, daß der junge Herr Gu wartend durch den Garten schlenderte. Sie wunderte sich:

»Warum ist er draußen geblieben?«

»Auch er hat Angst vor Frauen! Er ist wie ich!« sagte Feipu lachend, fügte dann hinzu:

»Er reist mit mir nach Yünnan!«

»Bei Ihnen beiden könnte man meinen, daß Ihr Mann und Frau seid!« scherzte Songlian und zog dabei eine Grimasse. »Ihr seid so unzertrennlich, als wäre der eine der Schatten des anderen.«

»Ihr scheint ein wenig eifersüchtig... Wenn Ihr Lust habt, nach Yünnan zu reisen, nehme ich Euch ebenfalls mit. Wollt Ihr uns begleiten?«

»Oh, ich hätte schon Lust dazu, aber es ist nicht möglich.«

»Weshalb ist es nicht möglich?«

»Stellt Euch nicht töricht!« erwiderte Songlian, indem sie ihn leicht anschubste. »Ihr wißt doch genau, weshalb es nicht möglich ist! Los, brecht schnell auf! Brecht auf!«

Sie sah Feipu und den jungen Herrn Gu durch die mondförmige Pforte hinaustreten und verschwinden. Sie vermochte sich nicht recht zu entscheiden, was dieser Abschied in ihr ausgelöst hatte: ein Gefühl der Gleichgültigkeit, des Bedauerns? Einer Sache war sie sich indes sicher: Die Abreise von Feipu würde ihre Einsamkeit im Kreise der Familie Chen unweigerlich vergrößern.

Als Chen Zuoqian sie besuchen kam, rauchte Songlian gerade eine Zigarette. Sie sputete sich, sie auszumachen, da sie ihn, den Kopf wendend, kommen sah. Sie erinnerte sich nämlich, vom Herrn gehört zu haben, daß ihm Frauen, die rauchen, zuwider wären. Chen Zuoqian legte seinen Hut und seinen Mantel ab und wartete darauf, daß Songlian sie ihm abnehmen käme, um sie wegzuhängen. Diese trat zögernd auf ihn zu:

»Es ist recht lange her, seit der Herr das letzte Mal gekommen ist!«

»Wie kommt es, daß du jetzt rauchst? Eine Frau, die dem Tabak frönt, verliert ihre Weiblichkeit.«

Songlian hängte den Mantel weg, setzte den Hut auf und erkundigte sich lächelnd, ein schelmisches Funkeln in den Augen: »Was denkt ihr? Habe ich so nicht alle Weiblichkeit verloren?«

Chen Zuoqian nahm ihr den Hut ab und hängte ihn selbst an der Garderobe auf:

»Also wirklich, Songlian, hör doch mal auf herumzualbern! Deine Extravaganzen kennen wohl keine Grenzen! Muß man sich da noch über das wundern, was man über dich verbreitet!«

»Was verbreitet man? Und wer ist ›man‹? Sind es die anderen, oder aber handelt es sich dabei um Euch? Es ist mir gleichgültig, daß die anderen zu Recht oder Unrecht über mich reden! Wenn aber der Herr selbst mich nicht mehr duldet, was bleibt mir dann noch, als meine Sünden durch den Tod zu tilgen!«

»Na, na, genug jetzt!« schimpfte Chen Zuoqian stirnrunzelnd. »Ihr seid euch wirklich alle gleich! Ihr habt nur ein Wort im Munde: den Tod; als ob ihr ein erbärmliches Dasein fristen würdet! Oh, ich bin dieser ewigen Leier so überdrüssig!«

»Wie es Euch beliebt, ich werde nicht mehr darüber sprechen!« willigte Songlian ein, während sie ihn umschlang.

»Ich gestehe Euch zu, daß meine unheilvollen Reden immer unerfreulich sind!«

Chen Zuoqian nahm sie in seine Arme und ließ sie auf seinen Schoß niedersitzen:

»Der Zwischenfall von letztens hat dir Kummer bereitet? Ich war so schlechter Laune! An jenem Tag habe ich mich die ganze Zeit nicht wohl gefühlt, ohne selbst zu wissen weshalb. Nun ja, jeder Mann, der seinen Fünfzigsten feiert, kann der sich daran erfreuen?«

»Welcher Zwischenfall, an welchem Tag? Ich entsinne mich nicht mehr.«

Chen Zuoqian begann zu lachen und kniff ihr in die Taille:

»Welcher Tag, welcher Zwischenfall! Auch ich habe es vergessen!«

Nach einigen Tagen der Trennung erschien ihr Chen Zuoqians Körper bereits fremd. Aufgrund des Pfefferminzöls, das er ausströmte, schloß sie, daß der Herr die letzte Nacht bei Yuru verbracht hatte. Sie allein mochte es, sich derart einzureiben. Tastend griff Songlian nach einem Flakon neben dem Bett und parfümierte erst liebevoll den Körper von Chen Zuoqian und anschließend ihren eigenen.

»Wo hast du das gelernt?« wunderte sich Chen Zuoqian.

»Ich kann deren Geruch auf Eurem Körper nicht ausstehen!« gab Songlian zurück.

»Du willst mich für dich alleine!« sagte Chen Zuoqian und strampelte dabei gegen die Bettdecke.

»Selbst wenn ich es wollte, könnte ich es nicht!«

Dann fragte sie unvermittelt:

»Weshalb geht Feipu nach Yünnan?«

»Er behauptet, es sei wegen eines Geschäfts mit Tabakblättern. Ich lasse ihn tun und machen, was er will«, antwortete Chen Zuoqian.

»Wie kommt es, daß er sich so gut mit diesem jungen Herrn Gu versteht?«

»Daran ist nichts Überraschendes!« lachte Chen Zuoqian schallend auf. »Männer haben manchmal untereinander gewisse Beziehungen, die du nicht verstehen kannst...«

Songlian seufzte bei sich. Da sie den schlanken Körper des Herrn streichelte, kam ihr ein eigentümlicher Gedanke. Sie fragte sich: Und wenn das Feipu wäre, der hier an meiner Seite läge, wie wäre es dann?

Für eine so sinnliche Frau wie Songlian sollte diese Nacht unvergeßlich werden. Chen Zuoqian war schon schweißgebadet, und dennoch blieben all seine Anstrengungen vergeblich. Mit Hilfe ihrer großen Sinnlichkeit entdeckte Songlian auf dem Grund seiner Augen tiefes Entsetzen und Verwirrung.

»Was geschieht hier?« hörte sie ihn mit schwach und schüchtern gewordener Stimme fragen.

Songlians Finger perlten wie Wasser über Chen Zuoqians Körper. Sie spürte, wie er sich entspannte, als hätte er sich soeben unter ihren Händen völlig ausgelebt und von ihr entfernt. Sie begriff, daß irgendwelche Dramen sich soeben im Körper des Herrn abgespielt hatten und empfand darüber ein seltsames Gefühl. War es Freude oder Trauer? Sie hatte den Eindruck, selbst vollkommen verloren zu sein. Chen Zuoqians Gesicht streichelnd, flüsterte sie ihm zu:

»Ihr seid müde! Schlaft doch erst mal ein wenig!«

»Nein, nein, ich glaube nicht, daß es das ist«, antwortete er ihr kopfschüttelnd.

»Nun, was kann ich dann tun?«

Chen Zuoqian zögerte eine Weile und sagte:

»Vielleicht könntest du... Aber wirst du einverstanden sein?«

»Ich will nur Euer Glück und werde mich Euren Wünschen fügen!«

Chen Zuoqian drückte sein Gesicht an das von Songlian und, ihr Ohr knabbernd, sagte er ihr einige Worte, die Songlian nicht verstand. Er wiederholte sie, und diesmal verstand Songlian. Sie wußte nicht, was sie antworten sollte, ihr Gesicht war rot vor Fassungslosigkeit. Sie drehte ihm den Rücken zu, starrte auf irgendeinen Punkt in der Dunkelheit, und plötzlich:

»Muß ich mich denn wie eine Hündin aufführen, um Euch zu befriedigen?«

»Ich werde dich nicht zwingen! Wenn du nicht willst, reden wir nicht mehr davon!« antwortete Chen Zuoqian.

Songlian hüllte sich weiterhin in Schweigen. Sie rollte sich in sich zusammen nach Art der Katzen, dann hörte Chen Zuoqian sie leise schluchzen.

»Wenn du es nicht willst, werden wir es nicht machen. Hör doch auf zu weinen!«

Statt sie zu beruhigen, bestürzten diese Worte Songlian um so mehr. Ihr Gesicht verbergend, weinte sie heiße Tränen. Chen Zuoqian hörte dem eine Weile zu und warnte sie dann:

»Wenn du nicht aufhörst, gehe ich!«

Da Songlian zu schluchzen fortfuhr, schlug er die Decke weg und sprang aus dem Bett. Während er sich ankleidete, rief er wutentbrannt aus:

»Ich habe noch nie eine Frau wie dich gesehen! Du bist bloß eine Hure und würdest deiner Tugend gerne ein Denkmal setzen lassen!«

Seinem Zorn verfallen ging Chen Zuoqian hinaus. Songlian setzte sich im Bett auf. So im Angesicht der Finsternis weinte sie lange Zeit vor sich hin. Sie beobachtete die Strahlen des Mondes, die durch die Falten der Vorhänge hindurch einen kalten Halo auf dem Boden malten. Der Ton ihres Weinens hallte auf quälende Weise in ihren Ohren. Und draußen im Garten nichts als tödliche Trostlosigkeit... Die Worte, die Chen Zuoqian ausgesprochen hatte, bevor er sie verließ, spukten ihr wahnhaft durch den Kopf, und ein heftiger Schauder durchlief ihren Körper. Verbissen hämmerte sie auf die Laken und schrie dann den Schatten ihres Zimmers entgegen:

»Wer ist hier die Dirne? Ihr alle, selbstverständlich, ich nicht!«

In jenem Jahr bildete der Winter im Hause Chen, so wie es mehrere Vorzeichen bereits angekündigt hatten, in vielem eine Ausnahme. Wenn die vier Ehefrauen der Familie zusammenkamen und es ihnen unterlief, über Chen Zuoqian zu sprechen, zeichnete sich unweigerlich ein zweideutiger Ausdruck auf ihren Gesichtern ab. Sie verstanden sich durch bloße Andeutungen, und jede nährte ihre ureigenen, nicht eingestandenen Pläne. Chen Zuoqian verbrachte jede Nacht in Zhuoyuns Zimmer. Diese Situation verschaffte ihr Privilegien und Reichtum. Wider ihren Willen beobachteten die drei anderen sie mit Begehrlichkeit und Neugierde:

»Nun, Zhuoyun, was macht Ihr eigentlich, um dem Herrn bei Nacht zu dienen?«

An gewissen Morgen ließ Meishan unter der Glyzinienlaube, mit ihrem Bühnenkostüm herausgeputzt, ihre Vergangenheit auf den Brettern wieder neu aufleben. In jede Geste und in jede Intonation legte sie große Intensität. Im Garten sah man voller Bewunderung Meishans lange und breite Ärmel im Winde flattern. Die tanzende Silhouette der Dritten Herrin gemahnte an eine verführerische Gespenster-Frau.

Die vierte Nachtwache wurde soeben geschlagen!
Über der Mitte des Flusses liegt vollkommene Stille.
Daß nur mein Schatten mich begleitet,
mehrt meine Trauer noch!
Ja, ich hab' nachgedacht, und es ist wahr:
einem schönen Gesicht ein jämmerliches Los!
Wie sehr ich zu bedauern bin,
ich, die ich seit Jahren schon
so große Schmach erdulde und meine Tränen schlucke!
Doch alles war vergebens,
erniedrigen mußt' ich mich,
den Namen Dirne tragen,
mein ganzes Leben lang!
Ob ich mein Leben neu begänne, so weiterlebte wie bisher,
es fiel mir beides gleichermaßen schwer!
Noch besser wär' es da, den Fischen hier
als Nahrung dann zu dienen,
und meiner Tag' ein End' zu setzen!
Zehntes Fräulein Du, ach, Schöne Du,
entsag doch deinem Leben!
Wenn es denn wirklich sterben heißt,
sollst besser du im prächt'gen Tod vergehen!

Songlian war fasziniert von diesem Gesang. Sie ging auf Meishan zu, und, sie an einem ihrer Rockzipfel pakkend, flehte sie:

»Ich bitte Euch, singt nicht mehr! Die Schönheit dieses Gesangs enthebt mich der Wirklichkeit. Was für ein Lied ist das?«

Mit Hilfe ihres Ärmels wischte Meishan sich den roten Puder aus dem Gesicht, setzte sich dann völlig außer Atem auf den steinernen Tisch. Songlian reichte ihr ein seidenes Taschentuch: »Euer Gesicht ist hier rot und dort weiß: Ihr gleicht einem Gespenst!«

»Der Mensch unterscheidet sich bloß um einen Hauch von einem Gespenst! Der Mensch ist ein Gespenst, und das Gespenst ist ein Mensch.«

»Welches Lied war es denn nun? Ich fühle mich im Augenblick so melancholisch!«

»*Das Zehnte Fräulein Du*. Es ist die letzte Oper, die ich interpretiert habe, bevor ich meine Truppe verließ. *Das Zehnte Fräulein Du* wird seinen Tagen ein Ende setzen. Daher ist es nicht überraschend, daß dies traurig ist!«

»Wann werdet Ihr mir beibringen, es zu singen?«

»Ihr redet ziemlich leichtfertig daher!« meinte Meishan und sah Songlian dabei fest an. »Wünscht Ihr auch, Euch den Tod zu geben? Dann werde ich es Euch beibringen, wenn der Zeitpunkt gekommen ist.«

Verblüfft über diesen Spott wußte Songlian nichts darauf zu antworten und starrte nur in Meishans mit Schminke beschmiertes Gesicht. Sie haßte sie nicht mehr, oder sie haßte sie wenigstens für diesen Augenblick nicht, trotz ihrer verletzenden Worte. Sie wußte nur zu genau, daß Meishan, Yuru und sie selbst von nun an in Zhuoyun eine gemeinsame Feindin hatten, doch sie wollte sich nicht herablassen, dies offen auszusprechen. Sie ging bis zum Rand des nicht mehr genutzten Brunnens und beugte sich hinüber, um auf den Grund zu schauen. Unvermittelt begann sie zu lachen:

»Hier ist das also, wo es Gespenster gibt? Wißt Ihr, wer in diesem Brunnen gestorben ist?«

»Wer kann das denn schon sein? Abgesehen von Euch und mir!« antwortete Meishan, noch immer regungslos auf dem steinernen Tisch sitzend.

»Meishan, Eure Scherze erschrecken mich!«

»Habt Ihr Angst?« lachte Meishan schallend auf. »Ihr seid doch aber nicht untreu! Was habt Ihr zu befürchten? Nur die untreuen Frauen sind in diesem Brunnen umgekommen. So ist das seit mehreren Generationen in der Familie Chen.«

Songlian wich einen Schritt zurück:

»Das ist ja fürchterlich! Wollt Ihr etwa sagen, daß sie in den Brunnen gestürzt wurden?«

Meishan schüttelte ihre langen Ärmel und erhob sich:

»Wie könnte ich das wissen? Wem sollte ich Eurer Meinung nach diese Frage stellen? Geht sie doch selbst befragen!«

Sie näherte sich dem Brunnenrand und warf einen Blick hinein, rezitierte dann eine Passage einer Oper, wobei sie folgende Worte besonders hervorhob:

»Oh, Gespenster, Opfer der Ungerechtigkeit!«

Im Verlauf ihrer Unterhaltung kamen sie auf die Frage um Chen Zuoqians heimliche Krankheit zu sprechen.

»Auch die besten Öllampen verzehren schließlich irgendwann ihren Brennstoff ganz! Es muß Öl nachgefüllt werden können, bevor sie verlöschen!« sagte Meishan und fügte hinzu: »In diesem Hause ist die Kraft Yin zu erfolgreich und schadet dem Odem des Yang, aber das Schicksal hat es so entschieden. Diesmal ist das Unglück über uns! Denn wenn der Herr Chen nicht mehr handeln kann, sind wir es, die darunter leiden, wir, die wir alleine wachen, Nacht für Nacht, in einem leeren Zimmer!«

Dann wurde der Name Zhuoyun ausgesprochen; das Gesicht bleich vor Haß warf Meishan sogleich ein:

»Diese verfluchte Kreatur ist zu allem bereit, um sämtlichen Launen des Herrn zu Willen zu sein! Ich weiß, wie weit ihre Kriecherei sie führen kann! Sie ist bereit, ihm den Hintern zu lecken und ihm dabei noch zu versichern, daß er süß und parfümiert ist. Sie bringt es soweit und erträumt sich, den Wind und das Meer zu beherrschen! Doch der Tag wird kommen, an dem ich ihr eine Lektion erteilen werde. Dann wird sie noch so bitterlich weinen und ihre Verwandten zu Hilfe rufen können!«

Songlian war mit den Gedanken woanders. Jedesmal, wenn sie an den Rand dieses Brunnens kam, gelang es ihr nicht, sich von den Halluzinationen, die sie quälten, zu befreien. Sie hörte das Wasser plätschern: Der Brunnen schickte ihr Botschaften der Verblichenen herauf. Zudem spürte sie einen pestigen Hauch von eisiger Kälte aus dem Loch entweichen und ihr Leib und Seele umhüllen.

»Ich habe solche Angst!« schrie Songlian, bevor sie auf dem Absatz kehrtmachte und in aller Eile entfloh. Meishan rief ihr nach:

»Was gibt es denn? Mir ist nicht bange davor, daß Ihr meine Worte weitertragt, vergeßt das nicht!«

Yiyun kam allein aus der Schule nach Hause, und Zhuoyun, von einer bösen Vorahnung geleitet, erkundigte sich nach Yirong. Ihre Tochter warf ihre Schultasche zu Boden und sagte:

»Man hat sie geschlagen! Sie wurde verletzt und ist im Hospital!«

Ohne sich die Zeit zu nehmen, weiter nachzufragen, eilte Zhuoyun, von zwei Dienstboten begleitet, ins Hospital. Sie kehrten erst zur Stunde des Abendessens zurück, und Zhuoyun trug Yirong in ihren Armen bis zum Tisch; das kleine Mädchen hatte den Kopf bandagiert. Alle Tischgenossen legten ihre Stäbchen beiseite, um die Wunde des Kindes zu begutachten. Chen Zuoqian, dessen Lieblingskind sie war, nahm Yirong auf den Schoß und fragte sie: »Sag mir, wer dich geschlagen hat, und morgen werde ich ihn zu züchtigen wissen!«

In Tränen aufgelöst sprach Yirong den Namen eines Jungen aus. Der Herr ließ seiner Wut freien Lauf:

»Zu welcher Familie gehört der denn, daß er es wagt, meine kleine Tochter zu schlagen?«

»Das Kind kann Euch nicht antworten!« warf Zhuoyun ein, während sie ihm die Tränen abwischte. »Morgen werden wir erfahren, was hinter der Geschichte steckt! Was für ein widerlicher Junge! Wie kann man nur so herzlos sein und sich derart an einem Kind vergreifen!«

»So eßt doch!« befahl Yuru und runzelte leicht die Stirne.

»Schließlich balgen sich Kinder doch häufig! Die Verletzung ist nicht so schlimm! Nach ein paar Tagen Ruhe wird nichts mehr zu sehen sein!«

»Erste Schwester, Ihr redet etwas zu leichtfertig daher!« widersprach Zhuoyun. »Ist Euch klar, daß sie beinahe ihr Augenlicht verloren hätte? Wie könnte meine so sensible Tochter dies alles ertragen? Im übrigen richtet sich mein Zorn auch gegen die Person, die den Jungen dazu getrieben hat, so zu handeln. Denn wie erklärt es sich, daß sich dieser Junge, ohne Haß noch Rivalität zwischen den beiden, hinter einem Baum verkrochen hat, um Yirong anzuspringen und sie mit einem Stock zu schlagen?«

Damit beschäftigt, ihre Schale mit Hühnersuppe zu füllen, bemerkte Meishan:

»Na hört mal, Zweite Schwester, sicher ist Euch nicht unbekannt, daß kindliche Spiele unter Umständen rasch ausarten können, ohne daß es dafür tatsächlich Gründe gäbe. Diese leeren Verdächtigungen scheinen mir folglich recht nichtige Anlässe zum Verdruß!«

»Die Anlässe zum Verdruß werden schon nicht ausbleiben«, hielt Zhuoyun kalt entgegen. »Wie könnte man das alles dulden? Ich werde erfahren, was hinter der Geschichte steckt!«

Anderntags, zur Stunde des Mittagessens, kam Zhuoyun in den Speisesaal und zog einen beleibten Jungen, dessen Nase lief, hinter sich her. Sie tuschelte ihm einige Worte zu. Der kleine Junge ging sodann um den Tisch herum und sah sich jeden scharf an. Plötzlich sagte er, indem er auf Meishan zeigte:

»Sie ist es! Sie hat mir einen Yuan gegeben!«

Meishan, mit Furienaugen gen Himmel blickend, stieß ihren Stuhl zurück und packte das Kind am Kragen seines Gewands:

»Was erzählst du da? Unter welchem Vorwand sollte ich dir einen Yuan gegeben haben?«

»Doch, Ihr habt mir einen Yuan gegeben, damit ich Chen Yirong und Chen Yiyun schlage!« tobte der Junge, während er verzweifelt um sich schlug und sich loszureißen versuchte.

Meishan ohrfeigte das Jüngelchen heftig:

»Wie? Was ist das für eine Geschichte? Ich kenne dich nicht, du kleine Rotznase! Wer hat dich aufgefordert, diese Lügen zu erfinden und mich zu verleumden?«

Zhuoyun kam näher, um sie zu trennen. Ein Lächeln fingierend, räumte sie ein:

»Sehr gut! Nehmen wir also an, daß sich das Kind in der Person geirrt hat! Wie dem auch sei, ich jedenfalls habe meine Meinung zu dieser Sache!«

Und während sie noch sprach, schubste sie den Jungen aus dem Speisesaal.

Meishan setzte eine mürrische Miene auf. Sie warf ihren Löffel auf den Tisch:

»Welch eine Schande!«

»Das ist eine Schande, in der Tat, doch ich weiß jetzt, woran ich bin!« erwiderte Zhuoyun. »Muß ich noch deutlicher werden?«

»Nun ist es genug! Eßt oder geht hinaus!« brüllte Chen Zuoqian, der es nicht länger ertragen konnte. »Los, geht alle hinaus!«

Songlian hatte bei dem Zwischenfall nicht eingegriffen. Ohne ein Wort zu sagen, hatte sie nur ungerührt zugeschaut. Aber sie nahm an, daß es sich um Meishan handelte. Sie durchschaute das Wesen von Frauen wie die Dritte Schwester, welche mit gleicher erschreckender Wut lieben und hassen. Sie bewertete diese Geschichte als jämmerlich und absurd. Gleichwohl, im Grunde ihres Herzens wandte ihre Sympathie sich merkwürdigerweise der Seite von Meishan zu, und nicht der der unschuldigen Yirong, und noch weniger der von Zhuoyun. Sie sagte sich: Wie seltsam die Frauen doch sind! Sie haben die Fähigkeit, das Herz der anderen zu kennen, ohne dabei das eigene zu verstehen!

Wieder einmal kam Songlians Regel; es machte sie besorgt und schlecht gelaunt. Sie empfand diesen Schwall purpurnen und unreinen Blutes wie einen erbarmungslosen Schlag des Schicksals. Sie war sich bewußt, daß Chen Zuoqians Impotenz und die Abkühlung ihrer Beziehungen ihre Hoffnungen auf Niederkunft in die Sphären des Unerreichbaren verbannen würden. Falls sich dies bestätigte, würde sie dann fortfahren, das einsiedlerische Leben einer im Garten der Familie Chen dahintreibenden Wasserlinse zu führen?

Songlians Schwermut nahm von Tag zu Tag zu. Bittere Tränen liefen ihr übers Gesicht. Weinend begab sie sich zur Toilette, um ihre besudelten Binden wegzuwerfen, und entdeckte dort ein aufgeweichtes, in der Schüssel schwimmendes Blatt Toilettenpapier. Sogleich rief sie aus:

»Diese Faulenzerin!«

Yan'er würde es also nie lernen, die neue Wasserspülung zu benutzen: Stets vergaß sie, sie zu ziehen. Songlian wollte sich gerade anschicken, die Spülung zu betätigen, als eine plötzliche Eingebung einen Verdacht in ihrem Geist keimen ließ. Sie ging eine Bürste holen, mit Hilfe derer sie, sich die Nase zuhaltend, an diesem Stück Papier herumstocherte. Einmal entfaltet enthüllte es seine genaue Beschaffenheit. Man konnte darauf eine Frau mit verschwommenen Umrissen ausmachen. Obwohl das Stück Papier vom Wasser ramponiert worden war, konnte man die Frau, die mit schwarzrotem Blut zweifelhafter Herkunft gezeichnet war, auf den ersten Blick erkennen. Songlian begriff: Sie war es, die man abgebildet hatte, und diese Yan'er hatte ihre Vorgehensweise geändert, um ihr heimlich einen Fluch aufzuladen.

Ungeduldig erwartet sie meinen Tod. Sie hat mich in die Toilettenschüssel geworfen.

Songlian zitterte an allen Gliedern, als sie das Stück Papier herausfischte. Sie ekelte sich überhaupt nicht mehr vor Schmutz. Yan'ers Niederträchtigkeit hatte wie ein Funke gewirkt, der sie von Kopf bis Fuß entflammte. Mit dem Stück Papier in einer Pinzette stieß sie heftig die Tür zur Kammer ihrer Dienerin auf. In ihrem Bett aufgestützt döste Yan'er vor sich hin: »Was wollt Ihr, gnädige Herrin?«

Songlian warf ihr das Blatt Papier ins Gesicht.

»Was ist das?« fragte Yan'er. Als sie sah, um was es sich handelte, erbleichte sie und stammelte:

»Ich war es nicht, die es benutzt hat!«

Songlian war dermaßen in Wut, daß sie nicht ein Wort hervorbrachte. Ihr Jähzorn verlieh ihrem Blick einen hoffnungslosen Ausdruck.

Auf dem Bett zusammengekauert traute Yan'er sich nicht, zu ihr aufzuschauen. »Ich habe das nur zum Vergnügen gezeichnet, Ihr seid das nicht!«

»Wer hat dir diese perfiden Tricks beigebracht? Du willst meinen Tod, um selbst Herrin zu werden, nicht wahr?«

Yan'er wagte keinen Ton herauszubringen. Sie schnappte sich nur das Stück Papier und wollte es aus dem Fenster werfen. »Ich verbiete dir, es wegzuwerfen!« heulte Songlian mit schriller Stimme.

»Es ist schmutzig, weshalb es aufheben?« sagte Yan'er, die den Kopf gedreht hatte, um sich zu rechtfertigen.

Songlian ging mit verschlungenen Armen im Kämmerchen auf und ab: »Es empfiehlt sich natürlich, es aufzubewahren! Zwei Wege bieten sich dir an. Der eine ist Offenheit: dem Herrn diesen schmutzigen Zettel zeigen, ihn aller Welt zeigen, und ich jage dich fort! Weshalb sollte ich dich behalten? Dein einziges Bestreben ist, mich zu töten! Oder aber, der zweite Weg: Heimlichkeit...«

»Der Weg der Heimlichkeit?« fragte Yan'er schüchtern nach.

»Verlangt alles von mir, was Ihr wollt, ich werde mich dem fügen! Wenn Ihr mich nur nicht davonjagt!«

»Das hier ist er«, erklärte Songlian mit einem Lächeln. »Du brauchst es nur zu schlucken!«

»Was sagt Ihr da, gnädige Herrin?« fragte Yan'er verblüfft.

Songlian wandte sich um und schaute aus dem Fenster, während sie die Worte langsam und betont wiederholte: »Schluck es!«

Yan'er fühlte sich der Ohnmacht nahe. Sie kauerte sich nieder und brach, das Gesicht in den Händen verborgen, in Tränen aus:

»Dann will ich noch lieber zu Tode geprügelt werden!«

»Weder habe ich die Kraft dazu, noch will ich mir die Hände schmutzig machen. Beklage dich nicht über meine Grausamkeit! Es steht geschrieben, daß die Leute behandelt werden sollen, wie sie einen selbst behandeln. Die Bücher haben niemals unrecht!«

Yan'er kauerte in einer Ecke und weinte nur noch.

»Das ist die einzige Möglichkeit, dich reinzuwaschen«, fuhr Songlian fort. »Falls du es nicht aufessen willst, pack deine Sachen zusammen und geh auf der Stelle fort!«

Yan'er weinte eine ganze Zeitlang vor sich hin, dann sagte sie, sich die Tränen abwischend, mit von Schluchzern erstickter Stimme:

»Ich werde es aufessen! Ich werde es aufessen, da es so sein muß!«

Sie nahm das Stück Papier und stopfte es sich in den Mund. Ein trockener Schluckauf schüttelte sie, als würde es ihr das Herz und die Lungen zerreißen. Songlian schaute ihr ungerührt zu, ohne die kleinste Befriedigung zu empfinden. Unerklärlicherweise fühlte sie sich niedergeschlagen und hatte ein fürchterliches Verlangen, sich zu übergeben. »Nichtsnutzige Person!« Sie warf Yan'er einen angewiderten Blick zu, bevor sie den Raum verließ.

Anderntags wurde Yan'er plötzlich krank. Es ging ihr sehr schlecht. Der Arzt kam sie untersuchen und versicherte, daß sie sich das typhöse Fieber zugezogen habe. Als sie dies hörte, hatte Songlian den Eindruck, ihr Herz würde mit irgendeinem schartigen Instrument zerschnitten, und verspürte einen vagen Schmerz. Die Nachricht wurde schnell ruchbar. Die Dienstboten redeten nur noch von Songlian, die Yan'er genötigt hatte, Toilettenpapier zu schlucken:

»Man hätte es nicht geglaubt, wenn man sie so ansieht, aber die Vierte Herrin ist die heimtückischste von allen! Yan'er wird wahrscheinlich nicht davonkommen.«

Chen Zuoqian ließ Yan'er ins Hospital transportieren. Er befahl dem Verwalter:

»Laßt sie aufs beste versorgen! Ich werde für alle Ausgaben aufkommen. Ich möchte nicht, daß man behaupten könnte, das Schicksal unsrer Dienstboten würde uns nicht kümmern.«

Als man Yan'er dann forttrug, sah Songlian, in ihrem Zimmer verkrochen, durch die Vorhänge ihres Fensters ihre Dienerin im Todeskampf auf der Bahre liegen. Da ihr sehr viele Haare ausgegangen waren, schien die Haut ihres Schädels nackt hervor; sie bot einen grauenhaften Anblick. Songlian spürte den gelben und matten Blick Yan'ers durch die Vorhänge dringen und sich ihr tief ins Herz bohren. Kurz darauf begab sich Chen Zuoqian in Songlians Zimmer. Sie stand wie erstarrt vor dem Fenster.

»Ermißt du das Ausmaß deiner Perfidität?« warf er ihr vor.

»Du hast Anlaß zum Klatsch gestiftet und den guten Ruf der Familie Chen angetastet!«

»Herr, sie war es, die angefangen hat!« protestierte Songlian. »Sie hat jeden Tag Verwünschungen ausgestoßen, damit ich sterbe!«

»Du bist die Herrin, und sie ist bloß eine Sklavin, doch von euch beiden hat die eine nicht mehr gesunden Menschenverstand als die andere!« ereiferte sich Chen Zuoqian.

Diese Zurechtweisung ließ Songlian einstweilen verstummen. Dann setzte sie ohne Überzeugung hinzu:

»Ich hatte keineswegs die Absicht, sie krank zu machen. Sie war es, die sich dieses Übel selbst zugefügt hat. Weshalb soll ich allein verantwortlich für dieses Unglück sein?«

Chen Zuoqian verwarf dieses Argument mit heftiger Geste:

»Das reicht! Ich habe genug von euch allen! Euer Anblick ist mir unerträglich! Ich rate euch eindringlich, mir keine Unannehmlichkeiten mehr zu bereiten!«

Hierauf schickte Chen Zuoqian sich an hinauszugehen, als er in seinem Rücken Songlian mit schwacher Stimme sagen hörte:

»Mein Gott! Wie kann ich nur ein solches Dasein führen?«

»Alles hängt von dir ab!« erwiderte Chen Zuoqian, während er den Kopf zu ihr wandte. »Du kannst ganz nach deinem Gutdünken leben, unter einer Bedingung allerdings, daß du eine Dienstbotin kein Toilettenpapier mehr schlucken läßt!«

Eine alte Dienerin, die Mutter Song genannt wurde, trat in den Dienst von Songlian. Ihren eigenen Behauptungen zufolge arbeitete sie im Hause Chen schon seit ihrem fünften Lebensjahr, fast ein ganzes Leben! Sie hatte Feipu in ihren Armen getragen. Und sie war es auch, die das große junge Fräulein, das sein Universitätsstudium in Peking fortsetzte, aufgezogen hatte. Gewahr werdend, daß sie sich gerne einiges auf ihre Erfahrung zugute hielt, bekam Songlian Lust, sie zu necken:

»Solltest du vielleicht auch den Herrn großgezogen haben?«

Die Dienerin jedoch hörte die Ironie im Ton nicht heraus. Sie lachte auf:

»Das nicht! Aber ich war bei seinen vier Hochzeiten zugegen. Als er die Erste Herrin, Yuru, geheiratet hat, war er erst neunzehn Jahre alt. Auf der Brust trug er eine große goldene Medaille. Die Erste Herrin hatte ebenfalls eine. Diese Medaillen dürften gut und gerne ein halbes Pfund wiegen! Als er sich mit Zhuoyun, der Zweiten Herrin, vermählt hat, hatte er sie gegen kleinere ausgetauscht. Und für die Hochzeit mit der Dritten

Herrin, Meishan, trug er nur noch einige Ringe an den Fingern. Und zuletzt, bei Eurer Hochzeit, gab es gar nichts mehr zu sehen! Das zeigt deutlich, daß in der Familie Chen die Dinge schlechter und schlechter stehen!«

»Warum bleibst du dann, wenn es so ist?« fragte Songlian.

»Ich bin es gewohnt, hier zu dienen!« seufzte Mutter Song. »Wenn ich nach Hause gehen würde, nur um den ganzen Tag lang nichts oder fast nichts zu tun zu haben, würde ich mich langweilen!«

»Mutter Song«, sagte Songlian und lachte dabei mit der Hand vor dem Mund, »manche sind also tatsächlich auserkoren, in dieser Welt das Los eines Sklaven zu haben!«

»Warum es verhehlen? Der Mensch wird mit der Bestimmung zum Reichen oder der Bestimmung zum Sklaven geboren. Man ist wohl gezwungen, daran zu glauben! Seht mal! Ich, ich diene Euch tagaus, tagein, und wenn eines Tages der Himmel über unsren Köpfen einstürzen und die Erde unter unsren Füßen verschwinden sollte, und wenn wir noch am Leben wären, dann wäre ich nämlich noch immer Eure Dienerin, und Ihr, Ihr würdet mir niemals dienen!«

Mutter Song war eine dumme und geschwätzige Dienerin, für die Songlian recht wenig Sympathie empfand, doch im Verlauf dieser endlosen und einsamen Abende, an denen sie müßig, im Schein ihrer Lampe sitzend, verharrte, mußte sich doch jemand finden lassen, mit dem sie reden konnte. Folglich rief sie sie, um sich von ihr Gesellschaft leisten zu lassen. Die Unterhaltungen zwischen Herrin und Dienerin waren oberflächlich und völlig ohne Belang. Songlian wurde ihrer rasch müde. Während sie dem Geschwätz der Alten zuhörte, entflohen ihre Gedanken in sonderbare und weit entfernte Winkel. In Wahrheit hörte sie die Plauderei von Mutter Song nicht. Sie nahm bloß die Bewegung der gelben Lippen ihrer alten Dienerin wahr, die sich wie Würmer regten. Diese Abende erschienen ihr lächerlich, aber sie fragte sich: Was könnte ich schon anderes tun?

Einmal kamen sie auf die ehedem im Brunnen gestorbenen Frauen zu sprechen. Mutter Song erklärte:

»Die letzte ist vor vierzig Jahren gestorben. Das war die Konkubine des Alten Herrn.« Dann fügte sie noch hinzu, daß sie ungefähr sechs Monate lang sogar im Dienste dieser Dame gewesen sei.

»Wie ist sie gestorben?« fragte Songlian.

»Immer diese Geschichten zwischen Männern und Frauen!« antwortete Mutter Song und zwinkerte ihr mit geheimnisvoller Miene zu. »Man darf die Familienskandale nicht unter die Leute bringen, sonst wird der Herr mir daraus einen Vorwurf machen!«

»Willst du damit sagen, daß ich für die Familie eine

Fremde bin? Nun gut! Reden wir nicht mehr davon! Dann geh schlafen!«

Mutter Song musterte den Ausdruck in Songlians Gesicht, fragte dann lächelnd:

»Wünscht die gnädige Herrin wirklich, diese schmutzigen Geschichten zu hören?«

»Rede! Ich höre dir zu! Was also ist geschehen?«

»Ein Verkäufer von Sojakäse!« platzte die Dienerin mit gesenkter Stimme heraus. »Sie hat sich einem Tofu-Verkäufer hingegeben!«

»Was sagst du?« erwiderte Songlian kalt. »Wie ist es möglich, ein Tofu-Verkäufer?«

»Dieser Mann war dafür bekannt, exzellenten Tofu herzustellen. Der Koch hatte ihn gebeten, welchen davon anzuliefern, und auf die Weise kam es, daß sich die beiden begegnet sind. Alle beide waren jung und heißblütig; und es ist passiert, was passieren mußte.«

»Wer hat zuerst versucht, den anderen zu verführen?«

»Das weiß der Teufel allein!« antwortete Mutter Song, prustend vor Lachen. »Es ist ziemlich schwierig zu sagen, wer angefangen hat. Der Mann beißt die Frau, und die Frau beißt den Mann!«

»Wie hat man denn erfahren, daß sie sich insgeheim trafen?« fragte Songlian noch.

»Durch einen Detektiv! Der Alte Herr Chen beschäftigte einen Detektiv. Die Herrin Konkubine hatte gesagt, daß sie den Arzt aufsuchen wollte, weil sie Kopfschmerzen hätte. Der Alte Herr hatte den Arzt ins Haus kommen lassen wollen, doch sie hätte es abgelehnt. Er hat Verdacht geschöpft und seinen Detektiv hinterhergeschickt, um ihr auf den Fersen zu folgen. Sie hätte sich auch eine glaubwürdigere Lüge ausdenken können! Bei dem Tofu-Verkäufer angekommen, hat sie sich dann so lange und so angenehm aufgehalten, daß sie beim Morgengrauen noch immer nicht wieder hinausgekommen war. Der Detektiv, der sich anfänglich nicht traute, die beiden zu stellen, verspürte schließlich einen unerträglichen Heißhunger und entschied sich daher, die Tür einzutreten. Er sagte zu ihnen: ›Ihr seid vielleicht nicht hungrig, aber ich bin's!‹«

An diesem Punkt ihrer Erzählung begann Mutter Song zu glucksen. Songlian sah ihr zu, lachte selbst aber nicht. Kerzengerade sitzend warf sie ein:

»Wie abstoßend das ist!« Dann zündete sie sich eine Zigarette an und zog mehrmals den Rauch hastig ein. Plötzlich fragte sie:

»Deswegen hat sie sich also in den Brunnen gestürzt, weil sie einen anderen Mann betört hatte?«

Mutter Song setzte wieder eine geheimnisvolle Miene auf. Sie antwortete mit leiser Stimme:

»Allein der Teufel weiß das! Eins ist jedoch sicher, nämlich daß sie im Brunnen gestorben ist...«

Von da an plagten Songlian nachts unbeschreibliche Ängste. Sie schlief, ohne zu wagen, ihre Lampe zu löschen. Wenn das Licht aus war, umgab sie eine furchterregende Dunkelheit, und es schien ihr, den nicht mehr genutzten Brunnen von der Glyzinienlaube bis vor ihr Fenster springen zu sehen. Weiße und vor Nässe glänzende Hände streckten sich nach ihr aus und flatterten triefend hin und her.

Wenn auch niemand etwas von den Schrecken wußte, welche in Songlian die Legende vom uralten Brunnen erweckt hatte, so erfuhr hingegen die Erste Herrin, daß sie mit angezündeter Lampe schlief. Yuru machte ihr deshalb wiederholt Vorhaltungen:

»Selbst unsre Familie, die ein beträchtliches Vermögen besitzt, geht ihrem Untergang entgegen, wenn wir die Lampen die ganze Nacht brennen lassen!«

Songlian stellte sich taub, des zänkischen Geschnatters unter Frauen überdrüssig. Es war ihr ziemlich einerlei, sich zu rechtfertigen, um die Oberhand zu kämpfen oder für diese Lappalien das geringste Interesse zu zeigen. Was wünschte sie sich? Sie hatte davon nur eine vage Vorstellung und vermochte es nicht einmal, in ihren eigenen Gedanken einen roten Faden ausfindig zu machen. Sie dachte bei sich: Besser man schweigt, als daß man redet, um sich nichts zu sagen!

Die Leute des Hauses Chen bemerkten zuletzt, daß

Songlian verschlossen und recht einsilbig geworden war. Sie schrieben diese Veränderung dem Umstand zu, daß sie beim Herrn in Ungnade gefallen war.

Das neue Jahr näherte sich mit großen Schritten. Im Hause Chen war jedermann eifrig beschäftigt, Schweine zu schlachten, Ochsen zu opfern, die notwendigen Dinge für das Fest herbeizuschaffen. Den ganzen Tag über waren nur Lärm und Gerenne unter den Fenstern. Songlian saß allein in ihrem Zimmer, als sie sich mit einem Mal ihres eigenen Geburtstages erinnerte: der zwölfte Tag des zwölften Mondes, bloß fünf Tage nach dem von Chen Zuoqian. Er war bereits vorüber! Und sie dachte erst jetzt daran! Tief betrübt nahm sie ein wenig Geld und bat Mutter Song, ihr auf der Straße in Sojasoße geschmortes Fleisch sowie eine Flasche Szechwan-Reisschnaps kaufen zu gehen. Ihre Dienerin wunderte sich:

»Was ist denn heute los, gnädige Frau?«

»Das ficht dich nicht an! Ich würde gerne das Gefühl des Rausches kennenlernen!«

Hierauf holte Songlian sich eine kleine Weinschale, die sie auf den Tisch stellte. Sie setzte sich und fixierte die Schale. Es schien ihr, darin den kleinen Säugling von vor zwanzig Jahren zu sehen, als sie kuschelnd in den Armen ihrer ungekannten Mutter gelegen hatte. Der Zeitraum jener zwanzig Jahre, die darauf gefolgt waren, blieb sehr unscharf in ihrem Gedächtnis. Aus ihren Erinnerungen tauchte allein die Hand ihres Vaters hervor, in diesem mit Blut vermischtem Wasser badend und dennoch sich emporzuheben versuchend, um ihr die Haare zu streicheln. Songlian schloß die Augen, und wiederum war nur Leere in ihrem Gehirn. Klar und deutlich bestand nur noch die Vorstellung ihres Geburtstages weiter. Ihr Geburtstag! Ihre Schale hochhebend, begutachtete sie deren Boden. Darauf war ein brauner Fleck. Sie sagte sich:

Der zwölfte Tag des zwölften Mondes? Wie habe ich bloß ein so leicht zu behaltendes Datum vergessen können?

Abgesehen von ihr wußte niemand in dieser Welt, daß jener Tag der ihres Geburtstages war. Abgesehen von ihr konnte sich also niemand darum kümmern, ihr zu Ehren ein Fest zu organisieren!

Mutter Song kehrte erst lange Zeit danach zurück. Auf den Tisch legte sie ein dickes Päckchen Gekröse und allerlei Schieres von in Sojasoße geschmortem Schweinefleisch.

»Was setzt du mir da vor? Es ist widerlich! Wer könnte davon essen?« schalt Songlian sie aus.

Die Dienerin maß ihre Herrin auf eigentümliche Art mit den Augen und verkündete brüsk:

»Yan'er ist gestorben! Sie ist im Hospital gestorben!«

Songlians Herz begann stärker zu schlagen. Bemüht, Ruhe zu wahren, fragte sie:

»Wann ist sie gestorben?«

»Ich weiß es nicht. Ich habe nur sagen hören, daß Yan'er Euren Namen gerufen hat, bevor sie starb.«

»Weshalb hat sie meinen Namen gerufen? (Songlian war etwas erblaßt.) Als ob ich allein ihren Tod herbeigeführt hätte!«

»Regt Euch nicht auf! Ich erzähle Euch ja nur, was ich sagen hörte. Bei Geburt und Tod ist es der Himmel, der entscheidet! Euch, gnädige Herrin, Euch kann man nicht bezichtigen!«

»Wo befindet sich ihr Körper jetzt?«

»Die Angehörigen ihrer Familie haben ihn in ihr Heimatdorf zurückgebracht. Sie weinten alle zum Herzerweichen, die Armen!«

Songlian öffnete die Flasche, schnupperte am Branntwein und schloß ungerührt:

»Es besteht kein Grund, so zu weinen. Man leidet doch eh sein ganzes Leben lang. Nur der Tod setzt dem allem ein Ende. Folglich ist es besser, tot zu sein als lebendig.«

Ganz für sich schlürfte Songlian genüßlich ihren Reisschnaps, als das Geräusch vertrauter Schritte zu ihr drang. Der Vorhang an der Eingangstür hob sich mit einem Ruck, und ein gebräunter Mann platzte herein. Songlian wandte ihr Gesicht zu ihm und betrachtete ihn eine ganze Weile, bevor sie ihn erkannte: Es war der erste junge Herr, Feipu. In aller Eile bedeckte sie das Essen und die Flasche auf dem Tisch mit einem Tischtuch, um sie zu verbergen. Doch jener hatte sie trotzdem gesehen. Er rief aus:

»Ist es möglich, daß Ihr trinkt?«

»Wie kommt es, daß Ihr schon zurück seid?«

»Solange der Tod mich nicht gepackt haben wird, werde ich stets an den Wohnsitz meiner Ahnen zurückkehren!«

Im Laufe dieser mehrtägigen Abwesenheit hatte Feipu sich stark verändert. Sein Gesicht war gebräunt. Auch schien er physisch stärker trotz seiner erschöpften Miene. Songlian bemerkte seine dunkel geränderten und blutunterlaufenen Augen, ähnlich denen seines Vaters Chen Zuoqian.

»Weshalb trinkt Ihr? Versucht Ihr, Euren Kummer zu ertränken?«

»Wenn der Alkohol allen Kummer verschwinden lassen könnte... Ich feiere meinen Geburtstag!«

»Ihr feiert Euren Geburtstag? Wie alt werdet Ihr?«

»Was macht mein Alter schon! Ich lebe in den Tag hinein. Möchtet Ihr auch eine Schale davon? Um mir einen schönen Geburtstag zu wünschen!«

»Mit dem größten Vergnügen! Ich werde eine Schale trinken und mir dabei wünschen, ihr mögt neunundneunzig Jahre leben!«

»O nein! Ich bitte Euch! Ich lege keinen Wert darauf, so lange zu leben! Dieses Kompliment ist dem Herrn vorbehalten!«

»Ja, aber wie lange würdet Ihr noch gerne leben wollen?«

»Das weiß ich nicht! Ich werde aufhören zu leben, wenn ich keinen Gefallen mehr am Leben haben werde, das ist alles!«

»Wenn Ihr erlaubt, werde ich noch ein Glas trinken, auf daß Ihr ein wenig länger lebt; denn falls Ihr stürbet, mit wem sollte ich mich dann hier unterhalten?«

Während sie ihren Reisschnaps genossen, kamen sie auf das unselige Geschäft mit den Tabakblättern zu sprechen. Sich über sich selbst mokierend sagte Feipu:

»Das Huhn mit den goldenen Eiern ist davongeflogen! Ein totales Fiasko! Es ist wirklich wahr, ich habe keinerlei Begabung für Geschäfte! Nicht nur, daß ich kein Geld verdient habe, ich habe sogar alles verloren.

Nun ja! Diese Reise ist trotz allem recht amüsant gewesen!«

»Ihr habt ein äußerst angenehmes Leben, nichts erlaubt Euch, Euch zu beklagen!«

»Habt Erbarmen und sagt es nur ja nicht meinem Vater, sonst wird er mir deswegen Vorhaltungen machen...«

»Ich bin, glaubt mir getrost, nicht in Laune, mich in Eure Familienangelegenheiten zu mischen. Im übrigen stehe ich nicht mehr in der Gunst Eures Vaters, er würdigt mich nicht einmal eines Blicks. Wie könnte ich ihm Schlechtes über Euch erzählen?«

Songlian, vom Getränk beflügelt, lebte auf und zeigte sich redseliger, ihre Äußerungen offenbarten deutlich ihre Sympathie für Feipu. Dieser war dafür verständlicherweise empfänglich und darum sehr bewegt. Sein Gesicht, rot und glühend, verriet seine Gefühle. Von seinem Ledergürtel schnürte er einen kleinen Beutel in leuchtenden Farben los, auf dem ein Drache und ein Phönix gemalt waren, und reichte ihn Songlian:

»Hier, seht, was ich aus Yünnan mitgebracht habe. Ich schenke ihn Euch zu Eurem Geburtstag!«

Songlian warf einen kurzen Blick darauf, bemerkte dann lachend und mit listiger Miene: »Normalerweise sind es die Mädchen, die Ihren Geliebten kleine Beutel schenken, hat man je das Gegenteil gesehen?«

Etwas verlegen nahm Feipu ihr das Geschenk brüsk wieder ab:

»Gebt ihn mir zurück, da Ihr ihn ja nicht haben wollt! Ich möchte Euch nicht verhehlen, daß es ein Präsent ist, das man mir gemacht hat!«

»Oh, eine schöne Freundschaft ist das! Sich des Zeichens des Zutrauens eines anderen bedienen, um mich ködern zu wollen! Hätte ich es angenommen, hätte ich mir die Hände damit schmutzig gemacht!«

Feipu band den Beutel wieder an seinen Gürtel und räumte mit beschämtem Gesicht ein:

»Ich hatte, will ich Euch gestehen, nicht die Absicht, ihn Euch zu geben! Es handelt sich bloß um einen harmlosen Scherz...«

»Ich bin es gewohnt, hintergangen zu werden«, entgegnete Songlian mit ernster Miene. »Alle Welt sucht mich zu täuschen. Und nun auch Ihr, und Ihr versucht es nur, um Euch zu amüsieren!«

Feipu senkte den Kopf. Er schwieg, blickte nur manchmal verstohlen auf, um Songlians Gesichtsausdruck zu erspähen. Diese fragte ihn geradeheraus:

»Wer hat Euch diesen Beutel geschenkt?«

»Das, das kann ich Euch nicht sagen!« antwortete der elende Feipu, dessen Knie gezittert hatten.

Gedankenverloren tranken beide ihren Reisschnaps. Songlian, die versonnen ihre Schale zwischen ihren Fingern drehte, stellte fest, daß Feipu ihr nun genau gegenüber saß. Sein Kopf war gesenkt. Sein dichtes und schwarzes Haar bestätigte seine Jugendlichkeit. Sein kräftiger Hals reckte sich stolz. In Songlians Blick funkelten geheimnisvollerweise dunkelblaue Blitze. Ihr Herz war klamm. Ein unbekanntes Verlangen durchfuhr ihren Körper wie eine Windbö. Sie hatte das Gefühl zu ersticken. Das Bild der sich unterm Mah-Jongg-Tisch umschlingenden Beine Meishans und des Arztes drängte sich ihrem Geist auf. Sie betrachtete ihre eigenen, ihre langen und schönen Beine. Sie glichen feinem, eine geneigte Fläche hinabrieselndem Sand. Zärtlich und leidenschaftlich näherten sie sich ihrem Ziel: die Füße, die Knie und die Beine Feipus. Songlian nahm nun bereits deren Gegenwart wahr. Es verschleierte ihr den Blick. Ihre Lippen öffneten sich ohnmächtig einen schmalen Spalt und bebten.

In der Luft hörte sie irgend etwas zerbersten, wenn der Ton nicht gar aus den geheimsten Gefilden ihrer Seele hervorging. Feipu hob den Kopf und begegnete den fiebrigen Augen Songlians. Trotz dieser Glut blieb Songlians Körper und blieben insbesondere ihre Beine wie erstarrt, wie in Stein gehauen in derselben Position. Feipu deutete nicht die kleinste Bewegung an. Songlian schloß die Augen und lauschte ihrer beider Atem, der eine schwer, der andere leicht, auf unentwirrbare Weise miteinander verwoben. Da drückte sie ihre Beine ganz eng gegen die des jungen Herrn. Sie wartete angespannt. Nach einer Weile, die ihr wie eine Ewigkeit schien, zog Feipu seine Knie zurück. Er blieb sitzen, gleichsam schief auf seinen Stuhl gegossen, wie niedergeschmettert. Mit heiserer Stimme brachte er mühsam hervor:

»Es ist nicht gut, so zu handeln!«

»Was ist denn nicht gut?« murmelte Songlian, als erwachte sie aus einem Traum.

Feipu hob bedächtig die Hände und legte sie vor der Brust zusammen, wie wenn er um Verzeihung bäte:

»Leider, ich kann nicht! Ich habe noch Angst vor Frauen. Sie sind zu schrecklich!«

»Ich verstehe Euch nicht.«

»Verzeiht mir, Songlian!« flehte Feipu, indem er sein Gesicht in den Händen verbarg. »Gewiß gefallt Ihr mir. Ich versuche nicht Euch zu täuschen!«

»Ich gefalle Euch, doch wie behandelt Ihr mich?«

Von Schluchzern fast erstickt schüttelte Feipu den Kopf. Sein Blick wich Songlian noch immer aus:

»Ich kann es nicht ändern. Es ist eine Strafe Gottes! Seit Generationen stellen die Männer der Familie Chen den Frauen mit steter Beharrlichkeit nach, doch ich werde dieser Tradition zuwiderhandeln! Seit meiner frühsten Kindheit erschrecken mich die Frauen. Ich fürchte sie, vor allem die bei uns: Sie machen mir angst. Ihr seid die einzige, zu der ich mich hingezogen fühle, aber ich kann meine Bangigkeit nicht überwinden. Versteht Ihr?«

Songlian wandte ihr in Tränen aufgelöstes Gesicht ab und sagte mit leiser Stimme:

»Ja, ich verstehe. Unnötig, mit Euren Erklärungen fortzufahren. Ihr solltet aber nicht glauben, daß ich Euch deshalb böse bin. Ich tadele Euch keineswegs!«

Nach Feipus Aufbruch betrank sich Songlian. Das Gesicht vom Alkohol hochrot und der Gang schwankend warf sie in ihrem Zimmer alles zu Boden. Mutter Song kam herein, um sie zu beruhigen, doch vergebens. Sie mußte sich dazu entschließen, den Herrn herbeizurufen. Kaum hatte Chen Zuoqian das Zimmer betreten, warf Songlian sich ihm in die Arme. Sie roch stark nach Alkohol und redete wirres Zeug.

»Weshalb hat sie eigentlich angefangen, Schnaps zu trinken?« fragte Chen Zuoqian Mutter Song.

»Wie soll ich das wissen? Sie vertraut mir ihre Sorgen nicht an.«

Der Herr schickte die Dienerin zu Yuru einen Arzneitrank holen, der sie nüchtern machen sollte. Da brüllte Songlian: »Nein, ich verbiete euch hinüberzugehen! Ich verbiete euch, der alten Hexe davon zu erzählen!«

Äußerst gereizt stieß Chen Zuoqian Songlian aufs Bett:

»Sieh dich doch einmal an, du bist vollkommen verrückt. Hast du jegliche Würde verloren?«

Taub gegenüber diesen Vorwürfen sprang Songlian wieder auf die Füße, hängte sich ihm an den Hals und flehte ihn an:

»Herr, ich flehe Euch an, bleibt diesen Abend bei mir! Niemand liebt mich. Herr, liebt mich zärtlich!«

Chen Zuoqian, aufgebracht von so viel Unanständigkeit, antwortete ihr:

»Hast du denn überhaupt keine Scham mehr? Wie sollte ich mich getrauen, dich zu lieben? Ein Hund wäre meiner Liebe würdiger!«

Nachdem sie erfahren hatte, daß Songlian völlig betrunken war, kam Yuru eiligst herbeigelaufen. Auf der Türschwelle rief sie mehrmals »Amitabha!«, den Namen Buddhas, an, bevor sie Songlian und Chen Zuoqian trennte. Diesen fragte sie: »Soll sie den Trank mit Gewalt verabreicht bekommen?«

Der Herr stimmte zu. Als Yuru nun Songlian zu bändigen versuchte, damit sie die Arznei einnähme, stieß diese sie dermaßen stark von sich, daß sie zu straucheln drohte. Die Erste Herrin entrüstete sich:

»Steht doch nicht so regungslos herum! Erteilt dieser Verrückten eine ordentliche Lektion!«

Chen Zuoqian und Mutter Song kamen ihr darauf zu Hilfe. Gerade hatte Yuru Songlian den Trank in den

Mund geschüttet, als diese ihn auch wieder auf sie ausspie. Verbittert rief die Erste Herrin aus:

»Herr, dies ist unerträglich. Ihr seid es Euch selbst schuldig, einzugreifen. Solcherlei Betragen ist unsäglich!«

Chen Zuoqian packte Songlian um den Leib, während diese sich an ihm festklammerte und delirierte:

»Geht nicht fort, Herr! Heute könnt Ihr alles, was Euch gefällt, von mir verlangen: Berühren, Streicheln, Lecken... Ich werde alles ganz nach Eurem Belieben machen. Ich flehe Euch an, verlaßt mich nicht!«

Stumm vor Zorn war Chen Zuoqian wie versteinert. Yuru, die ihr nicht länger zuhören konnte, ohrfeigte Songlian:

»Welch eine schamlose Person! Herr, seht selbst! Ihr habt sie zu sehr verwöhnt, das ist jetzt das Ergebnis!«

Im Südpavillon herrschte ein ungeheurer Tumult. Einige kamen aus dem Garten herüber, um die Szene mitzuerleben. Daher forderte Chen Zuoqian Mutter Song auf, die Tür zu schließen, um die Gaffer am Eintreten zu hindern. Yuru bemerkte:

»Die Schande ist über uns. Wir sind das Gespött aller. Weshalb noch fürchten, daß die anderen uns zusehen? Sie wird nicht so viel Skrupel haben.«

»Genug!« unterbrach Chen Zuoqian. »Du hast dich nicht einzumischen! Auch du mußt dich beruhigen!«

Mutter Song, mit der Hand vorm Mund, bändigte nur mit Müh und Not ihre Lust, laut aufzulachen. Sie ging zum Eingang, um die Tür zu bewachen. Etliche sahen und hörten von draußen verstohlen durchs Fenster zu. Die Dienerin erblickte den jungen Herrn Feipu, der langsamen Schrittes und die Hände in den Taschen näher kam. Sie war gerade dabei, sich zu fragen, ob sie ihn einlassen sollte oder nicht, als er kehrtmachte und davonging.

Nach dem ersten Schneefall war der winterliche, traurig verwaiste Garten von einem Mantel so weiß wie ein Kaninchenpelz eingehüllt. Die Äste und die kleinen Vordächer wirkten zieseliert, waren transparent und glitzernd geworden. Am Morgen beeilten sich die Chen-Kinder, Schneemänner zu bauen. Sie vergnügten sich mit Fangen, balgten sich unter Songlians Fenster. Diese hörte Feilan in den Schnee fallen und mit schriller Stimme losheulen. Die gleißende Helligkeit des Rauhreifs spiegelte sich auf den Scheiben ihres Fensters wider und ließ das Innere des Raums in allen Farben glitzern. Das Ticken der Pendeluhr wurde niemals leiser. All dies war real und greifbar, doch Songlian hatte den Eindruck, außerhalb ihrer selbst zu schweben. Sie glaubte sich bereits woanders. Sie würde den Tag verbringen müssen, als ob sich nichts verändert hätte.

Des Nachts träumte sie von Yan'er. Die Tote war eine kahlköpfige Frau: Draußen stehend öffnete die Tote ihr Fenster; öffnete es, schloß es. Sie machte ihr keine Angst. Im Liegen erwartete Songlian in aller Ruhe die grausame Rache ihrer Dienerin. Sie dachte: Das Fenster wird sich bald öffnen. Und tatsächlich kam Yan'er lautlos herein, auf dem Haupt eine Perücke in Form eines Chignons, wie sie die Damen der Oberschicht trugen.

»Wo habt Ihr diese Perücke gekauft?« fragte Songlian.

»Beim Gott der Unterwelten, der über alles verfügt!« antwortete Yan'er.

Songlian gewahrte dann, wie ihre Dienerin eine lange Haarnadel aus ihrem Chignon zog und ihr damit das Herz durchbohrte. Sie spürte einen stechenden Schmerz, und es schien ihr, als fiele sie blitzschnell in einen Abgrund. Sie war überzeugt, tot zu sein. Es bestand überhaupt kein Zweifel: Sie war tatsächlich tot. Und es war schon so lange her, daß ihre Seele sie verlassen hatte, es mußte schon Dutzende von Jahren her sein...

Songlian legte sich ein Kleidungsstück über die Schultern und setzte sich auf ihr Bett. Sie vermochte nicht zu glauben, daß ihr Tod bloß ein Traum war. Eine lange Haarnadel stak tatsächlich aus ihrer Satindecke. Sie legte sie in ihre hohle Hand. Die Berührung fühlte sich kalt an!

Ich habe also nicht geträumt? Ja, aber wie kommt es dann, daß ich noch am Leben bin? Wohin ist Yan'er schon wieder gegangen?

Songlian bemerkte, daß das Fenster einen Spalt geöffnet war, wie in ihrem Traum. Die Luft, die von außen hereindrang, war schneidend frisch, doch etwas wie der Geruch des Todes bestätigte Yan'ers Nähe. Es schneite, und es blieb nur noch eine Hälfte der Welt. Die andere Hälfte war verschwunden, in aller Stille war sie ausgelöscht worden. Es handelte sich um einen unvollkommenen Tod. Songlian dachte bei sich: Weshalb bin ich auf halbem Wege zum Tode stehengeblieben? Ist das sonderbar! Und die andere Hälfte des Weges, wo ist die?

Meishan trat aus dem Nordpavillon. In einen Mantel aus schwarzem Zobel gehüllt überquerte sie den verschneiten Hof. Ihre strahlende Schönheit trübte selbst die Farbe der Luft. »Na, Trunkenbold! Seid Ihr wieder nüchtern!« rief sie aus, als sie unterm Fenster der Vierten Schwester vorbeikam.

»Ihr geht aus? Bei so viel Schnee!« wunderte sich Songlian.

»Warum sollte ich Angst haben?« fragte Meishan und trommelte dabei leise gegen das Fenster. »Für einen Augenblick der Lust ginge ich selbst dann noch aus, wenn es wie aus Eimern gießen würde!«

Worauf Meishan verführerisch davonging. Ohne zu wissen warum, rief Songlian ihr nach:

»Seid vorsichtig!«

Meishan wandte den Kopf und lächelte ihr zu. Dieses Bild hinterließ bei Songlian einen tiefen Eindruck. Dies war das letzte Mal, daß Songlian auf Meishans Antlitz dieses behexende Lächeln sah.

Meishan wurde am Nachmittag, von zwei Dienstboten eingerahmt, nach Hause zurückgebracht. Zhuoyun folgte ihnen hinterdrein. Selbst beim Gehen knabberte sie Wassermelonenkerne.

Wie die Geschichte ausgegangen war, war die einfachste Sache der Welt: Meishan und der Arzt waren von Zhuoyun sozusagen unter einer Decke überrascht worden, in einem Hotel. Sie hatte daraufhin sämtliche Kleider Meishans hinausgeworfen:

»Dreckige Hure, dachtest du, mir entrinnen zu können?«

An jenem Tag hatte Songlian die Dritte Schwester weggehen und wiederkommen sehen, doch bei ihrer Rückkehr war es nicht mehr dieselbe Meishan. Man schleifte sie zum Nordpavillon. Das Haar durcheinander, die Augen aus den Augenhöhlen tretend, beschimpfte sie jene, die sie mit sich zogen. Sie heulte:

»Zhuoyun! Falls ich am Leben bleibe, werde ich dich in Stücke schneiden! Wenn du stirbst, werde ich dir das Herz ausreißen und es den Hunden zum Fraß vorwerfen!«

Zhuoyun sagte kein Wort und knabberte unerschütterlich ihre Kerne. Einen Schuh in der Hand, den Meishan verloren hatte, lief Feilan schreiend hinterher: »Dein Schuh! Dein Schuh!« Songlian hatte Chen Zuoqian nirgendwo gesehen. Er ging erst später und allein zur Dritten Schwester hinein. In jenem Augenblick wurde der Nordpavillon von innen verriegelt.

Songlian fühlte sich nicht in Stimmung, ihrer Nachbarin aufzulauern. Mit beklommenem Herzen spitzte sie die Ohren, um zu horchen, was sich nebenan tat. Sie hatte große Lust zu erfahren, welches Schicksal Chen Zuoqian Meishan vorbehielt. Doch im Nachbarpavillon vernahm man nicht die kleinste Bewegung. Ein Dienstbote bewachte den Eingang. Mit einem Schlüsselbund klimpernd öffnete er die Tür und schloß sie wieder.

Chen Zuoqian war soeben herausgekommen. Er blieb eine Weile reglos stehen, während sein Blick über den schneebedeckten Garten wanderte, ließ dann die Arme baumeln und schritt auf den Südpavillon zu.

»Welch wunderbarer Schnee!« rief Chen Zuoqian aus. »Man sagt, reichlich Schnee kündet reiches Jahr...«

Wider Erwarten war das Gesicht des Herrn relativ ruhig. Songlian bemerkte sogar eine gewisse Erleichterung in seinen Zügen. Auf ihr Bett gestützt sah sie Chen Zuoqian starr an. Darüber hinaus machte Songlian in seinen Augen ein kaltes Leuchten aus, das sie erschreckte und ihr Unbehagen bereitete.

»Was werdet Ihr mit Meishan machen?«

Chen Zuoqian zog einen elfenbeinernen Zahnstocher

hervor und bediente sich seiner, während er Songlian mit Blicken maß.

»Was können wir schon mit ihr machen? Sie kennt ihre Pflichten.«

»Gewährt Ihr Gnade!«

»Es muß gehandelt werden, wie es sich ziemt!« antwortete Chen Zuoqian mit kurzem Lachen.

In dieser Nacht schlief Songlian nicht. Die Gedanken verquickten sich in ihrem Kopf wie verschlungener Hanf. Sie horchte, was sich nebenan tat, doch im Grunde bangte sie sich nur um ihr eigenes Geschick. Leer und weiß, wie der Schnee draußen, erschien ihr ihr Leben real und irreal zugleich; zur Hälfte wahr und zur Hälfte Illusion. Um Mitternacht hörte Songlian Meishan plötzlich eine Opernarie singen. Sie glaubte erst, einem Wahn verfallen zu sein, und hielt den Atem an.

Doch es war tatsächlich Meishan, die ihre Lieblingsarie in der Nacht ihres Leidens sang.

Einem schönen Gesicht ein jämmerliches Los,
so hat es mein vorher'ges Leben entschieden!
Dieser glückliche Bund rinnt wie der Fluß dahin.
Nicht eine Nachricht von dem undankbaren Geliebten!
Vor Blumen weine ich und schluchze im Mondenschein.
Im Angesicht der Finsternis mehrt sich mein Kummer noch!
Benetzen meine Tränen dann mein Kissen,

und Regentropfen nässen die Stufen vor der Tür.
So fallen vor und hinter meinem Fenster
die Tropfen ohne Unterlaß!
Im Gebirge stehen weiter Berg um Berg!
Wann kommt der Tag, da wir uns wiedersehen?
In einen Fels möcht' ich mich jetzt verwandeln
und ewig meinem Gatten harren!
Wie ist es schwer, uns Briefe hin und her zu senden,
selbst ein paar Worte nur zu schicken!
Zum Glück besitz' ich noch dies Kissen
und die brokat'ne Decke, so elegant und fein!
Doch fürcht' ich sehr, sie werden mir nicht wärmen
die kalte Seite in dem großen Bett, in dem ich einsam ruh'!

Die ganze Nacht über war der Hintergarten in eine sonderbare Stimmung getaucht. Songlian warf sich wieder und wieder in ihrem Bett herum, ohne Schlaf zu finden. Später dann vernahm sie das Weinen und die Schreie von Feilan, so als würde ihn jemand aus dem Nordpavillon schleppen. Mit einem Mal vermochte Songlian sich nicht mehr an Meishans Gesicht zu erinnern. Im Gedächtnis hatte sie nur noch die vier unter dem Mah-Jongg-Tisch ineinander verschlungenen Beine Meishans und des Arztes. Sie baumelten unaufhörlich vor ihren Augen. Songlian hatte den vagen Eindruck, diese Beine wären ebenso dünn wie Papier und flögen vom Wind erfaßt davon.

Die Arme! sagte sich Songlian kurz vor Tagesanbruch, während außerhalb der Umfriedung der erste Hahnenschrei ertönte. Nach diesem Gesang verfiel die Welt wieder in ihre tödliche Einsamkeit. Songlian dachte:

Der Tod lauert mir auf. Yan'er wird zurückkommen und mein Fenster aufstoßen!

Beim Morgengrauen lag Songlian im Halbschlaf, als ein Geräusch von hastigen Schritten sie aus ihrem Halbschlaf riß. Der Tumult entfernte sich vom Nordpavillon in Richtung Glyzinienlaube. Songlian schob die Vorhänge beiseite und sah durch den Spalt, wie mehrere Gestalten im Dunkeln aufgeregt umherliefen. Sie trugen jemanden und gingen auf die Laube zu. Songlian befiel die Ahnung, daß es sich um Meishan handelte. Es war die Dritte Schwester, die sich verbissen, doch völlig lautlos wehrte, während man sie hinüberschaffte. Man hatte sie geknebelt, um sie am Schreien zu hindern. Songlian fragte sich:

Was wollen die denn machen? Weshalb schaffen sie sie dort hinüber?

In der Dunkelheit kam die Gruppe am Brunnenrand an, um den herum sie sich eine Weile zu schaffen machte. Dann vernahm Songlian ganz deutlich ein dumpfes Geräusch, und es schien ihr, als ob sie das Wasser des Brunnens in einer großen weißen Garbe aufspritzen gesehen hätte. Ein Mensch war soeben in den Brunnen gestürzt worden. Meishan war soeben in den Brunnen gestürzt worden.

Ungefähr zwei Minuten verstrichen, bevor Songlian jenen eindrucksvollen wilden Schrei ausstieß. Eine Klage, die das Herz anrührte. Als Chen Zuoqian bei ihr hereinstürmte, fand er sie barfuß im Zimmer stehend und gerade dabei, sich die Haare auszureißen. Sie brüllte wie eine Verrückte. Ihr Blick war finster, ausdruckslos, hob sich scharf ab von ihrem noch weißeren Gesicht als gewöhnlich. Chen Zuoqian trug sie aufs Bett. Er wurde sich deutlich bewußt, daß dies das Ende von Songlian bedeutete. Dies war nicht mehr die Studentin von einst. Chen Zuoqian versuchte sie zu beruhigen, wickelte sie in die Bettlaken ein und fragte sie:

»Was hast du gesehen, sag es mir? Hab keine Angst, erzähl mir.«

»Einen Mord! Einen Mord!«

»Possen! Du phantasierst! Du hast nichts gesehen! Du bist verrückt geworden!«

Anderntags verbreiteten sich im Hause Chen rasch zwei verblüffende Neuigkeiten. Vom Morgen an sprachen alle Leute aus der Umgebung, alle, von den Notabeln über die ehrbaren Frauen bis zu den kleinen Leuten, nur noch über den Skandal in der Familie Chen: Die Dritte

Herrin, Meishan, hatte sich, um der Schande zu entgehen, in den Brunnen gestürzt, und die Vierte Herrin, Songlian, hatte den Verstand verloren. Man war allgemein der Ansicht, daß der Tod der ersten richtig und verständlich war. Zu allen Zeiten haben die Ehebrecherinnen ihre Untaten mit dem Tode gesühnt! Hingegen bei der zweiten, Songlian, so jung und sanft und »comme-il-faut«, wie erklärte es sich, daß sie angeblich verrückt geworden war? Jene, die um die Geheimnisse der Familie Chen wußten, verkündeten:

»Das ist ganz einfach: Wenn der Hase stirbt, weint der Fuchs! Man empfindet stets Mitgefühl für seinesgleichen!«

Im darauffolgenden Frühling nahm Chen Zuoqian, der große Herr der Familie Chen, eine fünfte Ehefrau: Wenzhu.

Kurze Zeit nach ihrer Ankunft im Hause gewahrte Wenzhu eine reglos in der Glyzinienlaube sitzende Frau. Zuweilen begann diese, unermüdlich um den nicht mehr genutzten Brunnen herumzugehen und mit dem gähnenden Loch zu reden. Wenzhu fand sie schön, ja vornehm. Sie hatte nichts von einer Verrückten. So befragte sie ihre Umgebung:

»Wer ist das?«

»Das ist die ehemalige Vierte Herrin«, antwortete man ihr, »sie hat den Verstand verloren!«

»Das ist recht sonderbar! Was sagt sie dem Brunnen?« erkundigte sie sich noch.

Also trug man ihr Songlians Klagelied zu: *Ich werde nicht springen! Ich werde nicht springen!*

»Sie sagt, daß sie sich nicht in den Brunnen stürzen wird!«

Songlian sagte, daß sie sich nicht in den Brunnen stürzen würde!

Moderne Frauenliteratur

Patricia Castet
Silvie Thomas, Die Träume der Frauen 9588

Sue Townsend
Mit einem Schlag war alles anders 9549

Fiona Pitt-Kethley
Reisen in die Unterwelt
9563

Danièle Sallenave
Phantom Liebe
9646

Jane LeCompte
Mondschatten
9715

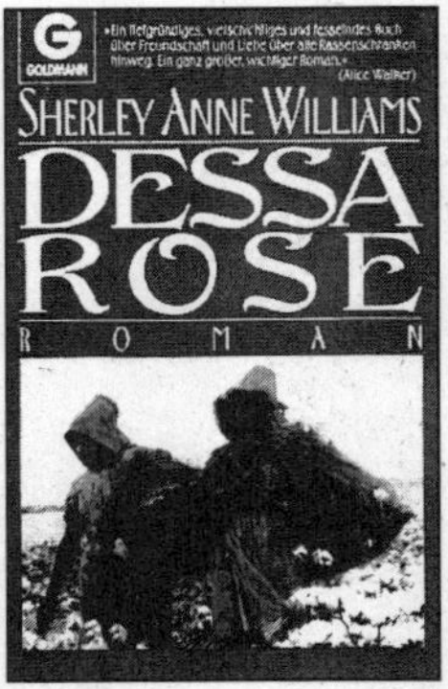

Sherley Anne Williams
Dessa Rose
9650

GOLDMANN

Paul Bowles

So mag er fallen
9081

Das Haus der Spinne
9120

M'hashish
9293

Die Stunden nach Mittag
9398

Gesang der Insekten
9782

GOLDMANN